KB002198

Animal
Farm

George Orwell

조지 오웰의
풍자적 우화 이야기

Bestseller World's Classics 003

동물 농장
Animal Farm

조지 오웰 지음
김지현 옮김 | 신한솔 일러스트

문학
마을

contents

Animal Farm

CHAPTER

1

　메이너 농장의 존스 씨는 그날 밤 닭장의 문을 잠그면서, 술에 너무 취한 나머지 반대쪽 문을 닫는 것을 잊어버리고 말았다. 존스 씨가 비틀거리는 걸음으로 뜰을 가로질러 가는 동안 그의 손에 들린 등불에서 흘러나온 둥근 불빛도 이리저리 흔들렸다. 그는 뒷문에 이르자 장화를 휙 벗어 던지고는, 부엌에 있는 술통에서 마지막 남은 맥주 한 잔을 따라 마신 뒤 침실로 올라갔다. 침대에서는 존스 부인이 벌써 코를 골며 자고 있었다.

　존스 씨 침실에 불이 꺼지자 축사 전체에 동요가 일기 시작했다. 지난날 품평회에서 미들 화이트상을 수상했던 수퇘지 메이저 영감이 전날 밤 꾸었다는 이상한 꿈 때문이었다. 그 꿈을 다른 동물들에게 알리고 싶다는 이야기가 낮 동안 농장 안에 퍼졌던 것이다. 그리하여 존스 씨가 완전히 곯아떨어진 후 안전하다 싶으면 즉시 큰 창고로 모이자고 동물들은 의견을 모았었다. 메이저 영감이 품평회에 나갔을 때의 이름은 '윌링던 뷰티'였지만 그는 언제나 '메이저'로 불렸다. 그는 농장 안에서 대단한 존경을 받고 있었기 때문에, 동물들은 한 시간쯤 잠을 덜 자더라도 그의 이야기를 듣기로 마음먹고 있었다.

큰 창고의 한쪽 끝, 높직이 쌓은 연단 비슷한 것 위로 대들보에서 늘어뜨린 등불이 하나 걸려 있었고 연단 위에는 짚으로 만든 자리가 놓여 있었다. 그곳에는 이미 메이저 영감이 편안히 앉아 있었다. 메이저 영감은 열두 살이 된 요즈음 살이 좀 쪘지만 여전히 위엄 있게 보였고, 지금까지 송곳니를 한 번도 자른 적이 없었음에도 불구하고 현명하고 인자한 모습을 지닌 돼지였다.

이윽고 다른 동물들도 모여들기 시작했고, 제각기 편안한 자세로 자리를 잡았다. 제일 먼저 블루벨, 제시, 핀처등 세 마리의 개가 도착했다. 그 다음으로 들어온 돼지들은 연단 바로 앞에 깔린 짚 위에 자리를 잡았다. 암탉들은 창문턱 위에 앉았고, 비둘기들은 서까래 위로 날아올라가 앉았으며, 양과 암소들은 돼지들 바로 뒤에 엎드려 되새김질을 하기 시작했다.

짐수레를 끄는 말인 복서와 클로버는 함께 들어와, 혹시 짚속에 있을지 모를 어떤 작은 동물을 밟지나 않을까 하여 털이 많고 넓적한 발굽으로 아주 조심스럽게 천천히 걸음을 옮기며 자리를 잡고 앉았다. 클로버는 이미 중년을 바라보는 살찐 암말이었는데 네 번째 새끼를 낳은 후로는 그녀의 옛 모습을 되찾지 못하고 있었다. 복서는 키가 거의 열여덟 뼘이나 되는 거구로 보통 말 두 마리를 합쳐 놓은 것만큼 힘이 세었다. 그는 코 밑으로 난 흰줄 때문에 약간 미련한 인상을 주었는데 사실그는 머리가 아주 좋은 편에는 들지 않았지만 착실한 성품과일할 때 발휘하는 엄청난 힘 때문에 널리 존경을 받고 있었다.

그 다음으로 흰 염소 뮤리엘과 당나귀 벤자민이 도착했다. 벤자민은 이 농장에서 나이가 제일 많고, 성질도 가장 고약했다. 그는 말수가 매우 적었는데, 어쩌다 내뱉는 한 마디 말도 으레 어딘가 냉소적인 것이었다. 예를 들어, 그는 하느님께서 자신에게 파리를 쫓으라고 꼬리를 주셨지만, 애당초 꼬리도 파리도 없었으면 좋았을 것이라는 식이었다. 또한 그는 농장에 있는 동물들 중 유일하게 웃지 않는 동물이었는데, 왜 그러느냐고 물으면 그는 웃을 일이 없어서 그렇다고 대답하곤 했다. 그런 그임에도 불구하고 드러내 놓고 인정하지는 않았지만 복서에게만은 아주 잘 대해 주었다. 일요일이면 보통 그 둘은 과수원 너머에 있는 작은 목장에서 나란히 풀을 뜯어먹으며 말없이 시간을 보내곤 했다.

두 마리의 말이 자리를 잡자마자 어미를 잃은 새끼오리들한 떼가 창고로 몰려들어 가냘프게 꽥꽥거리며 자기들이 밟히지 않을 만한 자리를 찾아 이리저리 돌아다녔다. 클로버가 자신의 커다란 앞발로 울타리를 만들어 주자, 새끼 오리들은 그안에 몰려 들어가 금세 잠이 들어 버렸다.

다음으로 존스씨의 경마차를 끄는, 멍청하지만 예쁘장한 흰 암말 몰리가 각설탕 하나를 씹으면서 우아하게 점잔을 빼며 걸어 들어왔다. 그녀는 앞줄 가까이에 자리를 잡고는 갈기에 달린 빨간 리본을 자랑하고 싶어서 자신의 하얀 갈기를 흔들어 대기 시작했다.

맨 마지막으로 고양이가 들어왔다. 고양이는 평소와 마찬가지로 가장 따뜻한 자리를 찾아 두리번거리다가 복서와 클로버 사이로 비집고 들어갔다. 그녀는 메이저 영감이 연설하는 내내 그의 말에는 관심도 기울이지 않으면서, 그저 만족스러운 듯 가르랑거렸다.

뒷문 뒤 횃대 위에서 잠든 길들여진 갈까마귀 모제스를 제외하고는 이제 모든 동물들이 다 모였다. 메이저 영감은 모두가 편안히 자리를 잡고 앉아 자신을 바라보며 기다리는 것을 보고 헛기침을 한 번 한 다음 연설을 하기 시작했다.

"동무들, 여러분들은 내가 어젯밤 이상한 꿈을 하나 꾸었다는 것을 이미 들어서 잘 알고 있을 겁니다. 그러나 그 꿈 이야기는 나중에 하기로 하고 그보다 먼저 다른 이야기를 할까합니다. 동무들 나는 이제 여러분들과 함께 지낼 날이 얼마 남지 않았다는 것을 잘 알고 있습니다. 그래서 죽기 전에 내가 터득한 모든 지혜를 여러분들에게 전해 주는 것이 내 의무라고 생각합니다. 나는 매우 오래 살았고, 내 우리에 홀로 누워 오랜 시간 생각도 많이 해 보았습니다. 그래서 나는 지금 이 세상에 살고 있는 어떤 동물 못지않게 삶의 본질을 잘 이해하고 있다고 말해도 좋을 듯합니다. 내가 지금 여러분들에게 이야기하고 싶은 것도 이것에 관한 겁니다.

자 동무들, 우리의 삶의 본질은 무엇입니까? 제대로 보세요. 우리의 삶은 비참하고 고달프고, 짧습니다. 세상에 태어난 뒤 우리는 목숨을 간신히 이어갈 수 있을 만큼의 먹이만을 얻어먹고, 일할 수 있는 마지막 한 줌의 힘이 다 할 때까지 일하도록 강요받고 있습니다. 그리고 우리가 쓸모없게 되는 바로 그 순간 우리는 끔찍하고 잔인하게 도살됩니다. 영국에 살고 있는 한 살 이상 된 동물치고 행복이나 여가의 의미를 아는 동물은 하나도 없습니다. 영국의 동물들은 자유가 없습니다. 동물의 삶이란 고난과 노예의 삶일 뿐입니다. 이것은 명백한 사실입니다.

그런데 이것이 그저 자연의 법칙인 것일까요? 우리가 살고 있는 이 땅이 너무 척박해서 여기에서 살고 있는 우리들에게 바람직한 생활을 제공하지 못하기 때문에 이럴까요?

아닙니다 동무들. 천만의 말씀입니다. 영국의 땅은 비옥하고 날씨도 좋아서 지금 살고 있는 숫자보다 훨씬 더 많은 동물들에게 풍부한 식량을 공급할 수 있습니다. 우리 농장 하나에서 생산되는 것만 가지고도 열두 마리의 말과 스무 마리의 암소,

수백 마리의 양을 먹여 살릴 수 있습니다. 그것도 모두가 지금 과는 비교도 안될 만큼 편안하고 품위 있는 생활을 하면서 말입니다.

그러면 우리는 왜 계속해서 이 비참한 조건 속에서 살고 있는 것일까요? 그건 우리의 노동으로 생산되는 모든 생산물을 인간들이 도둑질해가기 때문입니다. 동무들, 우리의 모든 문제에 대한 해답이 여기에 있습니다. 한 마디로 요약하자면 인간 때문입니다. 인간은 우리가 싸워야 할 유일하고도 진정한 적입니다. 인간을 쫓아냅시다. 그러면 굶주림과 과도한 노동의 근본원인이 영원히 해결될 겁니다.

인간은 생산하는 것 없이 소비만 하는 유일한 생물입니다. 그들은 젖도 짜지 못하고 알도 낳지 못할 뿐만 아니라, 쟁기를 끌 만큼의 힘도 없으며 토끼를 잡을 수 있을 만큼 충분히 날쌔지도 못합니다. 그럼에도 인간은 모든 동물의 지배자입니다. 인간은 동물에게 힘든 일을 시키고, 그 대가로 굶어 죽지 않을 만큼의 최소한의 먹이만을 주고는, 나머지는 자신들을 위해서 쌓아 둡니다. 우리는 우리의 노동으로 땅을 경작하고 우리의 변으로 땅을 비옥하게 만드는 데도 불구하고 우리들 중 누구도 헐벗은 가죽 이상의 것을 소유하지 못하고 있습니다.

내 앞에 계신 암소 여러분, 여러분이 지난 한 해 동안 짜낸 우유가 몇 천 갤런이나 됩니까? 그러면서도 송아지를 튼튼하게 키우는 데에 쓰였어야 할 그 우유는 어떻게 됐습니까? 그 우유는 마지막 한 방울까지도 우리 적들의 목구멍으로 넘어갔습니다. 그리고 암탉 여러분, 여러분들이 지난 한 해 동안 낳은 그 많은 알들 중에서 몇 마리나 병아리로 부화했습니까? 나머지는 모두 존스 씨와 그가 부리는 사람들의 지갑을 불려 주기 위해서 시장으로 팔려 나갔습니다.

그리고 클로버, 당신이 늙었을 때 당신을 부양하고 당신의 기쁨이 되어야 할 당신이 낳은 망아지 네 마리는 지금 모두 어디 있지요? 모두가 한 살 때 팔려 나갔고, 당신은 그 애들을 다시는 만나지 못할 겁니다. 네 차례의 해산과 들판에서의 온갖 노동에 대한 대가라고는 보잘 것 없는 여물과 마구간 외에 무엇이 더 있단 말입니까?

심지어 우리들은 이 비참한 생명마저 천명(天命)을 다 누리지 못하고 있습니다. 내 경우를 말하자면 나는 그 점에서는 운이 좋은 놈 중에 하나니까 불평할 건 없습니다. 나는 열두 해를 살았고 자식도 4백 명이 넘으니까요. 이것이 돼지가 누릴 보통의 삶이지요. 그러나 그 어떤 동물도 마지막에는 잔인한 칼을 피하진 못합니다. 내 앞에 앉아 있는 어린 돼지들 모두 일 년 이내에 비명을 지르면서 도살대에서 목숨을 잃게 될 겁니다. 이런 공포는 우리 모두에게 닥칠 겁니다. 암소도, 돼지도, 닭도, 양도 모두 말입니다. 말과 개라고 해서 다를 건 없지요. 복서 당신도 당신의 그 건장한 근육이 힘을 잃는 바로 그 날, 존스 씨가 당신을 도살업자에게 팔아 버릴 것이고 그 도살업자는 당신의 목을 따서 사냥개의 먹이로 만들 겁니다. 또한 개의 경우도 그들이 늙어서 이가 빠지면 존스 씨는 개의 목에다가 벽돌을 매달아 가장 가까운 연못에 빠뜨려 죽일 겁니다.

동무들, 이제 우리의 삶의 모든 악이 인간들의 횡포에서 생겨난다는 것이 너무나도 명백하지 않습니까? 인간만 몰아내면 됩니다. 그러면 우리 노동의 산물은 우리의 것이 될 겁니다. 하룻밤 만에 우리는 풍요롭고 자유로워질 수 있습니다.

그렇다면 우리는 무엇을 해야 할까요? 인류를 전복시키기 위해서 우리가 할 수 있는 것은 밤낮으로 온몸과 마음을 다 바쳐 노력하는 것, 이것뿐입니다! 동무들, 내가 여러분에게 전하고자 하는 메시지는 이것입니다. 봉기합시다! 나는 이 봉기가 언제 일어날지, 1주일 뒤일지 아니면 100년 뒤일지 알지 못합니다. 그러나 지금 내 발 아래 짚자리가 있다는 것을 확신하듯이 조만간 틀림없이 정의가 실현되리라는 것을 확신합니다. 동무들, 여러분들의 짧은 여생이나마 늘 이점을 잊지 마십시오. 그리고 무엇보다 여러분 뒤에 오는 후손들에게 이 메시지를 전하셔야 합니다. 그래서 그들이 승리할 때까지 계속해서 투쟁하도록 하십시오.

그리고 동무들, 여러분의 결의가 결코 흔들려서는 안 된다는 점을 잊지 마십시오. 어떠한 감언이설에도 현혹되어서는 안 됩니다. 인간과 동물은 공동의 이익을 갖고 있으며, 한 편의 번영이 다른 편의 번영이 된다고 말하더라도 거기에 귀 기울이지 마십시오. 그건 모두 거짓말입니다. 인간은 자기 자신 이외의 어떤 동물의 이익을 위해서도 봉사하지 않습니다. 그런 만큼 우리 동물들은 투쟁을 위해 완벽한 단합, 완벽한 동지애를 이룩합시다. 모든 인간은 우리의 적입니다. 모든 동물들은 우리의 동지입니다."

바로 이때, 큰 소동이 일어났다. 메이저 영감이 연설하는 동안 큰 쥐 네 마리가 구멍에서 기어 나와 엉덩이로 곧추 앉아 그의 연설을 듣고 있었는데, 돌연 개들이 그들을 발견했던 것이다. 쥐들은 잽싸게 구멍 속으로 뛰어 들어가 목숨을 건질 수 있었다. 메이저 영감이 앞발을 들어 조용히 하라고 제지했다.

"동무들!"하고 그가 말을 계속했다.

"여기 결정해야 할 문제가 있습니다. 쥐나 토끼 같은 야생동물들이 과연 우리의 친구일까요, 아니면 적일까요? 이것에 대해 투표하도록 합시다. 나는 이 문제를 투표로 결정하자고 제안하는 바입니다. 쥐들은 동지일까요?"

투표는 즉시 실시되었고 압도적인 대다수의 동의로 쥐들도 동지로 결정되었다. 반대는 겨우 넷. 세 마리의 개와 한 마리의 고양이가 했는데 고양이는 찬반 양쪽에 모두 투표를 한 사실이 나중에 밝혀졌다.

메이저 영감은 계속 말을 이었다.

"나는 이제 더 이상 할 말이 없습니다. 다만 되풀이해서 말하는데, 인간과 그들의 행실에 대한 적개심을 갖는 것이 여러분의 의무라는 것을 언제나 명심하시기 바랍니다. 두 다리로 걸어 다니는 것은 무엇이든 우리의 적입니다. 네 다리를 가졌거나 날개를 가진 것은 무엇이든 우리의 친구입니다. 그리고 또 하나 명심해야 할 것은 인간에 맞서 싸울 때 우리는 그들을 본받아서는 안 된다는 겁니다. 설령 여러분들이 그들을 정복한 뒤에라도 그들의 악덕만은 받아 들여서는 안 됩니다. 어떤 동물도 집에서 살거나 침대에서 자거나 옷을 입거나 술을 마시거나 담배를 피우거나 돈을 만지거나 장사를 해서는 안 됩니다. 인간들이 하는 모든 습관은 나쁜 겁니다.

그리고 무엇보다 중요한 것은 어떤 동물도 같은 동물을 탄압해서는 안 된다는 겁니다. 약하든 강하든 지혜롭든 우둔하든 우리는 모두 형제입니다. 어떠한 동물도 다른 동물을 죽여서는 안 됩니다. 모든 동물들은 평등합니다.

자 그러면 동무들, 지금부터 어젯밤의 내 꿈 이야기를 하도록 하겠습니다. 여러분들에게 그 꿈에 대해 자세히 묘사 할 수는 없습니다. 하지만 그것이 인간이 사라지고 난 뒤에 있을 지상에 관한 꿈이었던 것만은 분명합니다. 그 꿈은 내가 오랫동안 잊고 있었던 것을 상기시켜 주었습니다. 예전, 내가 어린 돼지였을 때 내 어머니와 다른 암퇘지들은 겨우 곡조로 처음 세 마디 가사만 알았던 옛 노래를 곧잘 즐겨 부르곤 했습니다. 나도 어렸을 때는 그 곡을 알았었는데, 오래 전에 내 가슴 속에서 사라져 버리고 말았지요.

그런데 어젯밤, 그 노래가 내 꿈속에서 되살아났습니다. 게다가 그 노래의 가사도 단어까지 정확히 되돌아온 겁니다. 아주 오래 전에 동물들이 불렀지만 수대를 거치는 동안 기억에서 잊혀졌던 그 가사가 말입니다. 동무들, 이제 내가 그 노래를 부르겠습니다. 나는 늙고 목소리도 거칠지만, 여러분들이 내가 부르는 노래를 배워서 부른다면 여러분들은 더 잘 부를 수 있을 겁니다. 이 노래의 이름은 〈영국의 동물들〉입니다."

메이저 영감이 목소리를 가다듬어 노래를 하기 시작했는데, 그가 말한 것처럼 목소리는 거칠었지만 썩 잘 불렀다. 그리고 그 노래는 〈클레멘타인〉과 〈라쿠카라차〉와 비슷한 아주 감동적인 곡이었다. 가사는 다음과 같다.

영국의 동물들아, 아일랜드의 동물들아,

온 누리 모든 땅 위의 동물들아

귀 기울여 들어라

황금빛 미래를 향한 내 기쁜 소식을

머지않아 그날이 올지니

독재자 인간은 추방되리라

풍요한 영국의 들판에는

오직 동물들만 활보하리라

코에서는 굴레가 사라지고

등에서는 멍에가 벗겨지리라

재갈과 박차는 영원히 녹슬고

잔인한 채찍은 더 이상 소리 내지 못하리라

상상도 할 수 없던 더 많은 재산이

밀과 보리, 귀리와 건초가

클로버와 콩, 그리고 근대들이

그날이면 우리의 것이 되리라

찬란히 빛나리, 영국의 들판

더더욱 맑아지리, 영국의 강물

더 없이 달콤한 미풍의 향기

우리가 자유로운 바로 그날엔

그날을 위해 우리 모두 일해야 하리니

그날을 못 보고 죽을지라도

암소와 말, 오리와 칠면조

자유를 위해 모두가 힘써 일하리라

영국의 동물들아, 아일랜드의 동물들아,

온 누리 모든 땅 위의 동물들아

귀 기울여 듣고 널리 전하라

황금빛 미래를 향한 내 기쁜 소식을

메이저 영감이 이 노래를 부르자 동물들은 열광적인 흥분에 휩싸였고, 노래가 채 끝나기 전부터 그 노래를 따라 부르기 시작했다. 아무리 아둔한 동물일지라도 벌써 곡조와 몇 마디의 가사를 외울 수 있었고 돼지나 개처럼 영리한 동물들은 몇 분이 채 되지 않아 그 노래를 전부 암기해 버렸다. 그리고 몇 번 연습한 뒤에는 농장 전체가 떠나갈 듯 커다란 목소리로 〈영국의 동물들〉을 합창했다.

암소들은 음매, 개들은 멍멍, 양들은 매에, 말들은 히힝, 오리들은 꽥꽥 거리면서 그 노래를 불렀다. 동물들은 그 노래가 너무나 마음에 들었던 나머지 연거푸 다섯 번이나 계속해서 불러 댔고, 아마 방해만 받지 않았더라면 밤새도록 그 노래를 계속해서 불렀을 것이다.

불행히도 이 소란 때문에 존스 씨가 깨어났다. 그는 이 소란이 안마당으로 여우가 들어왔기 때문이라고 확신하고 침대에서 벌떡 일어났다. 그는 침실 구석에 늘 세워 두었던 총을 들어 어둠 속으로 탄환을 발사했다. 총알은 창고 벽에 박혔고, 회합은 순식간에 해산되었다. 모두들 제 잠자리로 도망쳤다. 새들은 횃대 위로 날아갔고, 다른 동물들은 짚더미 속으로 기어들어 갔다. 농장 전체가 순식간에 잠 속으로 빠져 들었다.

Animal Farm

2

CHAPTER

　그로부터 사흘 뒤, 메이저 영감은 밤에 잠을 자다가 평화롭게 숨을 거두었다. 그의 시체는 과수원 아래 기슭에 매장되었다.

　이것이 3월 초에 있었던 일이다. 그 후 석 달 동안 극히 비밀스런 움직임이 진행되었다. 메이저 영감의 연설은 이 농장의 동물 중 영리한 동물들에게 삶에 대한 새로운 모습을 제시해 주었다. 그들은 메이저 영감이 예언한 봉기가 언제 일어날지 알지 못했고 또 그들 생전에 있을 것이라고 생각할 만한 아무런 근거도 가지고 있지 않았다. 그러나 그들은 그 봉기를 위해 준비하는 것이 그들의 의무라는 것을 분명히 인식하고 있었다.

다른 동물들을 가르치고 조직하는 일은 당연히 동물들 가운데서 가장 영리하다고 인정받고 있는 돼지들에게 돌아갔다. 돼지들 중에서도 존스 씨가 내다 팔기 위해서 사육하고 있는 스노우볼과 나폴레옹이라는 젊은 두 마리 수퇘지가 가장 뛰어났다. 나폴레옹은 몸집이 크고 사나워 보이는, 이 농장의 유일한 버크셔종 수퇘지로 말솜씨는 좋지 않았지만 자기 생각을 잘 관철시킨다는 평판을 듣고 있었다. 스노우볼은 나폴레옹보다 쾌활하고 말도 잘하며 창의력도 뛰어났지만, 나폴레옹처럼 성격이 진득하지는 못한 것으로 알려져 있었다.

농장에 있는 다른 수퇘지들은 모두 식용 돼지였다. 그 중에서 스퀼러라는 이름을 가진 작고 뚱뚱한 돼지가 가장 유명했는데, 뺨이 매우 둥글고 반짝반짝 빛나는 눈을 가졌으며 민첩한 움직임과 날카로운 목소리를 가졌다. 그는 훌륭한 연설가로 좀 어려운 문제를 토의할 때에는 이리저리 뛰면서 꼬리를 휘두르는 버릇이 있었는데, 그게 매우 설득력 있게 보였다. 다른 동물들은 스퀄러라면 검은 것도 흰 것으로 바꿔 놓을 수 있을 것이라고 말할 정도였다.

이 세 돼지들은 메이저 영감의 가르침을 완벽한 사상체계로 치밀하게 구성해 놓고 거기에 '동물주의'라는 이름을 붙였다. 일주일에 몇 번씩 밤마다 존스 씨가 잠든 뒤, 창고에서 비밀 회합을 갖고 다른 동물들에게 동물주의의 원리를 자세히 설명해 주었다.

처음 그들의 회합은 우둔과 냉담 속에서 이루어졌다. 어떤 동물은 자기들이 '주인님'이라고 부르는 존스 씨에 대한 충성의 의무를 내세우기도 했고 어떤 동물은 "존스 씨가 우리에게 먹을 것을 주고 있는데, 만일 그가 없어지면 우리는 굶어 죽을 겁니다."와 같은 유치한 말을 지껄이기도 했다. 또 어떤 동물은 "우리가 죽은 뒤에 일어날 일을 왜 우리가 걱정해야 합니까?"라고 물었고, 어떤 동물은 "만일 이 봉기가 어차피 일어날 것이라면 우리가 그것을 위해 준비하든 안하든 무슨 차이가 있습니까?" 따위의 질문을 했다. 그러면 돼지들은 그런 질문들이 동물주의의 정신에 위배되는 것이라는 것을 그들에게 이해시키느라 진땀을 빼야 했다. 그런 질문들 중에서 가장 어리석은 질문을 한 동물은 흰 암말인 몰리였다. 그녀가 스노우볼에게 물어본 첫 질문은 "봉기 후에도 여전히 설탕이 있을까요?"라는 것 이었다.

"없소. 이 농장에는 설탕을 만들 시설이 없소. 게다가 당신에겐 설탕이 필요 없을 거요. 당신은 당신이 원하는 만큼의 귀리와 건초를 먹게 될 테니까요."라고 스노우볼은 단호하게 말했다.

"그럼 그 때도 내 갈기에 리본을 달아도 괜찮을까요?"하고 몰리가 다시 물었다.

"동무, 당신이 그처럼 애지중지하는 그 리본들은 노예 제도의 상징이오. 당신은 자유가 리본보다 더 가치가 있다는 것을 이해할 수 없단 말이요?"하고 스노우볼이 말했다. 몰리는 이에 동의하기는 했지만, 별로 확신하는 것 같지는 않았다.

돼지들은 길들여진 갈까마귀 모제스가 늘어놓는 거짓말에 반박하느라 더 많은 노력을 해야 했다. 존스 씨가 특히 귀여워하는 애완동물인 모제스는 첩자이자 밀고자였으며, 또한 능란한 연설가였다. 그는 모든 동물이 죽으면 가게 되는 '슈가캔디 산'이라는 신비한 나라에 대해서 안다고 주장했다. 그곳은 하늘 높이 구름 너머 어딘가에 있다고 모제스는 말했다. '슈가캔디 산'에서는 일주일 내내 일요일이고 토끼풀이 사시사철 자랄 뿐만 아니라 울타리에는 각설탕과 아마인 깻묵(가축사료)이 열린다고 늘어놓았다. 동물들은 수다만 떨고 일은 하지 않는 모제스를 미워했는데, 몇몇 동물들은 '슈가캔디 산'을 믿었다. 그래서 돼지들은 '슈가캔디 산' 같은 곳은 존재하지 않는다고 그들을 납득시키느라 진땀을 빼며 토의를 해야 했다.

돼지들의 가장 성실한 제자는 짐수레 말인 복서와 클로버였다. 이들 둘은 스스로 어떤 것에 대해 생각해내는 것은 많이 힘들어했지만 일단 돼지들을 자신들의 선생으로 받아들이자 그들이 들은 이야기는 모두 잘 흡수해서 간단하게 요약하여 다른 동물들에게 전해 주었다. 그들은 창고의 비밀회합에도 어김없이 참석했으며 회합이 끝날 때면 언제나 〈영국의 동물들〉을 선창했다.

이제 봉기는 모두가 예상했던 것보다 훨씬 빨리, 그리고 무엇보다 쉽게 달성될 것처럼 보였다. 지난 수년간, 존스 씨는 비록 엄한 주인이긴 했지만 유능한 농장주였는데, 최근에 이르러서는 곤란한 처지에 처하게 되었다. 그는 소송 사건으로 돈을 잃고 난 후 매우 낙담하여 자신의 주량보다 많은 술을 마셔댔다. 때로는 며칠씩 식당에 있는 원저의자에 축 늘어져서 신문을 읽었고 술을 마시며 가끔 맥주에 적신 빵 껍질을 모제스에게 먹이며 소일하곤 했다. 존스 씨의 일꾼들은 게으르고 성실하지 않았기 때문에 들판에는 잡초가 무성했고 건물 지붕은 손질해야 할 것 투성이였으며, 울타리도 허물어진 그대로였고, 동물들은 음식을 제대로 먹지 못했다.

6월이 되자, 건초를 벨 때가 점점 다가왔다. 성 요한 축일(6월 24일) 전날은 때마침 토요일이었는데, 존스 씨는 윌링던으로 외출했다가 '레드 라이온'이라는 술집에서 술을 너무 많이 퍼마셔서 그 다음날인 일요일 정오까지 집에 돌아올 수가 없게 되었다. 일꾼들은 아침 일찍 암소에게서 우유를 짜낸 뒤 토끼사냥을 하러 나갔기 때문에 동물들은 먹이를 받지 못했다. 존스 씨 또한 집에 돌아오자마자 응접실 소파에서 〈세계 뉴스〉지를 얼굴에 덮은 채 잠이 들었기 때문에, 저녁이 되었는데도 동물들은 아무것도 먹지를 못했다.

마침내 동물들은 더 이상 참을 수가 없게 되었다. 암소 한 마리가 뿔로 곳간 문을 부수고 들어가자, 동물들 모두가 곡물 상자에 머리를 박고 먹어 대기 시작했다.

바로 그때 존스 씨가 잠에서 깨어났다. 그 다음 순간 존스 씨와 일꾼 넷은 곳간 안으로 들어와 손에 든 채찍을 동물들에게 마구 휘둘러 대기 시작했다. 이것은 굶주린 동물들에게는 도저히 견디기 힘든 일이었다. 동물들은 사전에 미리 계획하진 않았지만 일제히 일어나 그들을 괴롭히는 사람들에게 덤벼들었다. 존스 씨와 그의 일꾼들은 갑자기 사방에서 뿔에 받히고 발에 채이게 되었다. 사태는 이미 걷잡을 수 없게 되었다.

존스 씨와 그의 일꾼들은 동물들이 이런 행패를 부리는 것을 한 번도 본 적이 없었기 때문에, 그들이 마음대로 채찍질하며 부려 오던 동물들이 이처럼 갑자기 난동을 부리는 데에 크게 놀라 거의 정신을 차릴 수 없을 지경이었다. 잠시 후 그들은 방어하는 것도 단념하고, 모두 줄행랑을 치고 말았다. 1분쯤 후 그들 다섯 명은 의기양양하여 추격해 오는 동물들에게 쫓겨 한 길로 나가는 마찻길로 허겁지겁 도망쳤다.

존스 부인은 침실 창문을 통해 밖을 내다보다가, 사태를 파악하고는 황급히 몇 가지 소지품을 가방에 챙겨서 다른 길로 농장을 빠져나갔다. 횃대에 앉아 있던 모제스가 펄쩍 뛰어올라 그녀를 따라 날아가면서 큰소리로 까악까악 울부짖었다.

한편, 동물들은 존스 씨와 그의 일꾼들을 한길로 내쫓아 버리고는, 다섯 개의 빗장이 달린 문을 쾅 닫아 버렸다. 그리하여 자신들도 무슨 일이 일어났는지 거의 알지 못한 사이에 봉기는 성공적으로 달성되었다. 이제 존스 씨는 추방 되었고 메이너 농장은 동물들의 것이 되고 말았다.

처음 얼마동안 동물들은 자기들에게 온 행운을 실감하지 못했다. 그들이 가장 처음으로 한 행동은 이 농장에 남아 있는 인간이 있는지 확인이라도 하려는 듯이 모두가 한 데 어울려 농장의 주위를 돌며 뛰어다니는 것이었다. 그런 다음 그들은 농장 건물로 뛰어 돌아와 가증스러운 존스 씨의 통치 흔적을 하나도 남김없이 말끔하게 닦아내었다.

마구간 끝에 있는 광이 부서져 열렸다. 재갈, 코뚜레, 개 사슬 그리고 존스 씨가 돼지와 양을 거세하는 데 사용했던 잔인한 칼

등을 모두 우물에 던져 버렸다. 그리고 고삐, 굴레, 눈가리개 그리고 코 밑에 매다는 치욕적인 꼴주머니는 마당에 지핀 쓰레기 불에 던져 버렸다. 채찍도 마찬가지였다. 동물들은 채찍이 불속에서 타오르는 것을 보자 모두 즐거워하며 신나 뛰어다녔다.

스노우볼도 장날이면 으레 말의 갈기와 꼬리를 치장하는 데 쓰였던 리본을 불 속에 던지며 말했다.

"리본이란 의복처럼 인간의 상징으로 생각해야 합니다. 모든 동물들은 옷을 입어서는 안 됩니다."

이 말을 들은 복서는 여름이면 귓가에 몰려드는 파리를 막기 위해 썼던 작은 밀짚모자를 가져와 다른 것과 함께 불 속에 팽개쳐 버렸다.

순식간에 동물들은 존스 씨를 기억나게 만드는 모든 것들을 없애 버렸다. 그런 다음 나폴레옹은 동물들을 창고로 데리고 가서 모두에게 정량의 두 배나 되는 곡식을 나누어 주었고, 모든 개들에게는 비스킷 두 개씩을 나누어주었다. 그리고 나서 그들은 〈영국의 동물들〉을 처음부터 끝까지 일곱 차례나 계속해서 불렀고 밤이 되자 동물들은 이제껏 맛보지 못했던 달콤한 잠에 빠져들었다.

그러나 그들은 다음날 평상시처럼 새벽에 잠을 깨어서는 문득 어제 있었던 영광스런 일을 기억하고 모두가 함께 목장으로 달려 나갔다. 목장 약간 아래쪽에는 농장 전체를 거의 다 내려다볼 수 있는 언덕이 있었다. 동물들은 언덕 꼭대기로 몰려가 빛나는 아침 햇살을 받으며 사방을 둘러보았다. 그렇다. 그것은 그들의 것이었다. 지금 그들의 눈앞에 펼쳐져 있는 모든 것이 다 그들의 것이다. 그런 황홀한 생각에 젖어 그들은 이리저리 뛰어다니기도 하고 흥분에 도취되어 공중으로 펄쩍펄쩍 뛰며 기뻐했다. 그들은 이슬이 맺힌 풀밭 위를 뒹굴며 달콤한 여름풀을 한입 가득 베어 물고, 검은 흙덩이를 발로 차며 그 향긋한 냄새를 맡았다. 그런 다음 동물들은 농장 구석구석을 돌아다니면서 말할 수 없는 감탄에 젖어 곡식밭과 풀밭 과수원 연못, 덤불들을 둘러보았다. 그것은 마치 이제껏 한 번도 보지 못했던 광경 같았으며 그것이 모두 자기들의 것이라는 사실을 그때까지도 실감하지 못했다.

그런 후 그들은 줄지어 농장으로 되돌아와 농장 집 문밖에서 조용히 걸음을 멈추었다. 이것 역시 그들의 것이었지만, 그들은 안으로 들어가기를 두려워했다. 그러나 잠시 후 스노우볼과 나폴레옹이 어깨로 문을 들이받아 열어젖히자, 동물들은 집 안의 물건들을 망가뜨리지 않으려고 아주 조심하며 일렬로 들어갔다.

그들은 발끝으로 이 방 저 방을 돌아다니면서 소곤거리는 것 이상의 말소리를 내지 않도록 주의하면서 믿을 수 없으리만큼 화려한 사치품들 - 깃털 매트리스로 만든 침대, 거울, 말털 소파, 브뤼셀 카펫, 응접실의 벽난로 위에 걸린 빅토리아 여왕의 석판화 들 - 을 일종의 경외감을 갖고 바라보았다.

동물들은 층계를 내려오다가 몰리가 없어졌다는 사실을 깨달았다. 되돌아가서 보니 그녀는 가장 훌륭한 침실에 남아 있었다. 그녀는 존스 부인의 옷장에서 파란 리본을 꺼내어 어깨에 걸치고는 매우 멍청한 얼굴로 거울에 비친 자기 모습에 감탄하고 있었다. 다른 동물들은 그녀를 혹독하게 비난하며 밖으로 나왔다.

그들은 부엌에 걸려 있던 약간의 햄을 가지고 나와 땅에 고이 묻었고, 취사대의 맥주 통은 복서가 발굽으로 차서 구멍을 내놓았다. 그러나 그 밖의 집 안의 다른 물건에는 전혀 손을 대지 않았다. 즉석에서 이 농장 집을 박물관으로 보존하자는데 모두가 동의했다. 또한 어떤 동물도 여기에서 살아서는 안 된다는 것에도 의견을 모았다.

동물들이 아침 식사를 마치자 스노우볼과 나폴레옹이 그들을 다시 불러 모았다. 스노우볼이 말했다.

"동무들. 지금은 여섯시 반이고, 우리 앞에는 긴 하루가 남아 있습니다. 오늘 우리는 건초 수확을 시작해야 합니다. 그러나 먼저 해야 할 일이 있습니다."

그리고는 돼지들은 지난 석 달 동안 존스 씨의 자식들이 쓰다가 쓰레기통에 버린 낡은 철자 교본을 가지고 독학으로 읽기와 쓰기를 익혔다는 것을 밝혔다. 나폴레옹은 검은 색과 흰색 페인트 통을 가져오게 해서 한길로 통하는 다섯 판자문 앞으로 모든 동물들을 데리고 갔다. 그 다음에 스노우볼(스노우볼이 글씨를 제일 잘 썼으므로)이 두 앞다리 사이에 붓을 끼우고, 문짝 맨 위에 적힌 '메이너 농장'을 페인트로 지우고, 그 자리에다 '동물농장'이라고 썼다. 이것이 이제부터 이 농장의 이름이었다.

이 일을 마치자 그들은 농장 건물로 되돌아왔다. 거기에서 스노우볼과 나폴레옹은 큰 창고 벽 끝에 세워 두었던 사다리를 가져오게 했다. 그리고 돼지들은 지난 석 달 동안 연구한 끝에 동물주의의 원칙을 7계명으로 요약하는데 성공했다고 전했다. 그들은 또한 이제 이 7계명을 벽에 쓸 것인데, 동물 농장의 모든 동물들은 앞으로 영원히 이 7계명을 지키며 살아야 한다는 것이었다.

스노우볼은 사다리 위로 약간 애를 먹으면서 올라가(돼지가 사다리 위에서 몸의 균형을 잡기란 쉬운 일이 아니었기 때문에) 일을 시작했고 스퀴러가 그 아래 몇 계단 밑에서 페인트 통을 들고 있었다. 계명은 30야드(약 27미터가 떨어진 곳에서도 읽을 수 있을 만큼 커다란 흰 글자)로 타르 칠을 한 벽 위에 씌어졌다. 그 내용은 다음과 같다.

> 7계명
>
> 1. 두 발로 걷는 자는 누구든 적이다.
> 2. 네 발로 걷거나 날개를 가진 자는 누구든 친구이다.
> 3. 어떤 동물도 옷을 입어서는 안 된다.
> 4. 어떤 동물도 침대에서 자서는 안 된다.
> 5. 어떤 동물도 술을 마셔서는 안 된다.
> 6. 어떤 동물도 다른 동물을 죽여서는 안 된다.
> 7. 모든 동물은 평등하다.

그것은 아주 깔끔하게 씌어졌다. 'friend'를 'freind'라고 잘못 썼고, 'S'자 하나가 거꾸로 쓰인 것을 제외하고는 철자는 모두 정확했다. 스노우볼은 다른 동물들에게 큰 소리로 읽어 주었다. 그러자 동물들은 모두 고개를 끄덕거리며 완전히 동의했고 좀 더 영리한 동물들은 즉시 계명을 외우기 시작했다.

스노우볼이 페인트 붓을 밑으로 던지면서 말했다.

"자 동무들, 건초 밭으로 갑시다! 우리의 명예를 걸고서 존 스 씨와 그의 일꾼들보다 더 빨리 거두어들이도록 합시다."

그런데 이때, 얼마 전부터 불편해 보이던 암소 세 마리가 크게 '음매' 하고 소리를 질렀는데, 그 이유는 그들이 스물네 시간 동안 우유를 짜지 않았기 때문에 젖통이 거의 터질 듯했기 때문이었다. 잠시 생각한 뒤에 돼지들이 양동이를 가져오게 해서 암소의 젖을 훌륭히 짜 주었는데, 젖을 짜기에 돼지의 네 다리가 매우 적합했다. 곧 거품이 이는 크림 같은 우유가 다섯 양동이나 생겼고, 많은 동물들은 무척 신기한 표정으로 그 우유를 바라보았다.

"그 우유를 모두 어떻게 할 겁니까?"

누군가가 이렇게 물었다.

"존스 씨는 우리 먹이에다 가끔 우유를 섞어 주기도 했어요." 하고 암탉 하나가 말했다.

"우유에는 신경 쓰지 마십시오, 동무들. 잘 처리될 겁니다. 지금은 수확이 더 중요합니다. 스노우볼 동무가 인도할 겁니다. 나도 몇 분 내에 뒤따라 가겠습니다. 동무들! 앞으로 가십

시오! 건초가 기다리고 있습니다."

양동이 앞에 서서 나폴레옹이 소리쳤다.

그리하여 동물들은 건초를 거두어들이기 위해 풀밭으로 행진해 갔고, 저녁에 돌아왔을 때 그들은 우유가 없어졌다는 것을 알게 되었다.

Animal Farm

3
CHAPTER

　건초를 거두어들이기 위해 동물들이 얼마나 애를 쓰고 땀을 흘려야 했던가! 그러나 그들의 노력은 그만큼의 보답을 받았다. 수확량이 당초 예상했던 것보다 훨씬 더 많았기 때문이다.

　때로는 일이 힘들기도 했다. 농기구가 동물들을 위해서 만든 것이 아니라 인간이 사용하도록 만들어진 것이기 때문이었다. 뒷다리로 서야만 쓸 수 있게 되어 있는 도구는 모두 동물들이 사용할 수 없다는 큰 결점이 있었다. 그러나 돼지들은 매우 영리해서 어떤 어려움이 닥쳐와도 그 해결책을 찾아내었다. 말의 경우, 그들은 밭의 구석구석을 잘 알고 있었고 실제 풀을 베거나 갈퀴질하는 것은 존스 씨나 그의 일꾼들보다 훨씬 잘했다.

돼지들은 직접 일을 하지는 않고 다른 동물들을 지휘하고 감독했다. 뛰어난 머리를 갖고 있었기 때문에 돼지들이 통솔권을 가지는 것은 당연했다. 복서와 클로버는 자신의 몸에 제초기와 써레를 달고(물론 이 무렵엔 재갈이나 고삐가 필요 없었다), 경우에 따라서 '이랴, 동무.' 또는 '워이, 돌아! 동무.' 하고 소리치며 뒤따르는 돼지들과 함께 꾸준히 들판을 돌아다녔다.

아주 나약한 동물에 이르기까지 모든 동물들이 참여하여 건초를 뒤집고 거두어들이는 일에 참여하였다. 심지어 오리와 암탉들도 하루 종일 햇볕 속을 왔다 갔다 하면서 부리로 한줌씩 건초를 물어 날랐다.

마침내 그들은 존스 씨와 그의 일꾼들이 평소에 걸렸던 것보다 이틀이나 빨리 수확을 끝마쳤다. 더구나 이 농장이 생긴 이래 처음 있는 대풍이었다. 낭비라고는 전혀 찾아볼 수 없었다. 암탉과 오리가 그 날카로운 눈으로 건초의 마지막 한줄기까지 버리지 않고 모았기 때문이었다. 그리고 농장동물들은 한입도 훔쳐 먹지 않았다.

그해 여름 내내 농장의 일은 시계바늘처럼 정확히 진행 되었다. 동물들은 전에는 전혀 상상조차 할 수 없을 만큼 행복 했다. 한입 한입 먹는 음식마다 벅차고 짜릿한 즐거움이 넘쳐흘렀다. 이제 그들이 먹는 음식은 인색한 주인이 조금씩 나누어 주는 먹이가 아니라 그들 스스로를 위해 자신들이 생산한 진정한 그들의 음식이었다. 쓸데없이 기생하던 인간들이 없어지자, 각자가 먹을 식량도 훨씬 많아졌다. 비록 유용하게 사용되지는 못했지만 여가시간도 훨씬 많아졌다.

그러나 그들은 여러 가지 문제에 부딪혀야 했다. 예를 들면, 가을이 되어 곡식을 거두어들일 때에는 농장에 탈곡기가 없었기 때문에 그들이 직접 옛날식으로 곡식을 발로 밟아 털고 후후 불어 껍질을 날려 버려야 했다. 그러나 영리한 돼지와 엄청난 힘을 가진 복서가 늘 이런 어려움을 헤쳐 나갔다. 복서는 모든 동물들의 영웅이 되었다. 그는 존스 씨가 있던 시절에도 훌륭한 일꾼이었지만, 이제는 말 세 마리를 합쳐 놓은 것보다 더 나아 보였다. 농장의 모든 일이 그의 튼튼한 어깨에 달려 있는 듯한 날들도 때때로 있었다.

아침부터 밤까지 그는 가장 힘이 많이 드는 곳에서 항상 밀고 당기고 하였다. 그는 아침에 다른 동물들보다 30분 일찍 일어나기 위해 수탉 한 마리에게 미리 부탁하였다. 그리고는 정규 일과 시간이 시작되기 전에 가장 절실히 자기가 필요하리라고 생각되는 곳에 자발적으로 나가서 일을 했다. 무슨 문제가 생길 때나 어려움에 부딪힐 때마다 그는 '내가 좀 더 일하지!'라고 말했는데, 그는 그것을 자신의 좌우명으로 삼고 있었다.

다른 동물들도 모두 자신의 능력에 따라 열심히 일을 했다. 예를 들면 암탉과 오리는 바닥에 흩어진 이삭들을 모아 곡식을 5부셸(약 141킬로그램)이나 늘렸다.

어느 누구도 도둑질하지 않았고, 아무도 자신에게 돌아오는 배급량에 대해 불평하지 않았으며, 옛날에 일상적으로 있어 왔던 서로 싸우고 물고 시기하는 일들도 거의 사라졌다. 아무도, 아니 대부분이 게으름을 피우지 않았다. 사실대로 말하자면 몰리만은 아침 일찍 일어나지 않았고, 발굽에 돌이 끼었다는 핑계로 일찌감치 일을 그만두는 버릇이 있었다.

그리고 고양이의 행동에도 어딘가 이상한 데가 있었다. 해야 할 일이 있을 때마다 고양이가 보이지 않는다는 사실이 곧 밝혀졌다. 고양이는 몇 시간이나 슬그머니 사라졌다가 식사시간이거나 일이 끝나는 저녁에 아무 일도 없었다는 듯이 나타나곤 했다. 그러나 그녀는 언제나 아주 그럴 듯한 핑계를 댔고, 또 무척 다

정하게 살랑거렸기 때문에 아무도 그녀의 평계를 믿지 않을 수
없었다.

당나귀인 벤자민 영감은 봉기 후에도 전혀 변한 것 같지 않
았다. 그는 게으름을 피우지도 그렇다고 과외의 일을 자진해서
맡지도 않으면서 존스 씨가 있을 때와 똑같이 느릿느릿 완고한
태도로 지냈다. 누군가가 그에게 "존스 씨가 사라진 지금이 더

행복하지 않느냐?"고 물으면 그저 "당나귀는 오래 살지 너희들 중 누구도 이제까지 죽은 당나귀를 본적이 없을 거야."라는 수수께끼 같은 대답을 듣는 것으로 만족해야 했다.

일요일에는 일을 하지 않았다. 아침식사는 평소보다 한 시간 늦게 했고, 식사가 끝난 다음에는 매주 어김없이 거행되는 의식이 시작되었다. 제일 먼저 기 게양식이 있었다. 기는 스노우볼이 마구간에서 존스 부인이 쓰던 낡은 초록색 책상보를 찾아내어 거기에다 흰색으로 발굽과 뿔을 그린 것이다. 이것이 매주 일요일 아침마다 농장 정원의 게양대에 게양되었다. 스노우볼의 설명에 의하면, 이 기의 바탕색인 초록색은 영국의 들판을 표현한 것이고, 말굽과 뿔은 마침내 인류가 멸망했을 때 새롭게 세워질 '동물공화국'을 상징한다고 했다. 게양식이 끝나면 모든 동물들은 '회합'이라고 불리는 총회를 하기 위해 큰 창고로 행진해 들어갔다. 여기에서 다음 주에 할 작업이 계획되고, 각종 결의안을 제안하고 토의하였다. 결의안의 제안자는 언제나 돼지들이었다. 다른 동물들은 투표하는 방법은 이해할 수 있었지만, 자신들이 스스로 의견을 생각해 낼 수는 없었다.

토론에는 스노우볼과 나폴레옹이 가장 적극적이었다. 그러나 이들 둘의 의견이 일치한 적은 한 번도 없었다. 둘 중의 하나가 무슨 의견을 내놓으면, 다른 하나는 반드시 거기에 반대하는 의견을 내놓았다. 과수원 뒤에 있는 작은 잔디밭을, 일을 할 수 없게 된 동물들을 위한 휴양소로 만들자는 결의 – 결의 자체로 보아서는 아무도 반대할 수 없는 일이었다. – 를 했을 때조차도 각 동물들의 적절한 은퇴 연령을 두고 열띤 토론이 벌어졌다.

회합은 언제나 〈영국의 동물들〉을 제창하는 것으로 끝났고, 오후는 오락시간으로 보냈다.

돼지들은 마구간을 자신들의 본부로 정했다. 그들은 여기에서 저녁 때마다 농장 집에서 가져온 책을 통해 대장장이일, 목공 일 그리고 그 밖에 필요한 기술들을 연구했다. 또한 스노우볼은 다른 동물들을 그 자신이 이름 붙인 '동물위원회'로 구성하는 일로 분주했다. 그는 이 일에 집념을 갖고 있었다. 그리하여 그는 암탉들에게는 '계란 생산 위원회', 암소들에게는 '꼬리 청결 연맹', '야생동물 재교육 위원회(이것은 쥐와 토끼를 길들이는 것이 목적이었다)', 양들에게는 '순백모(純白毛) 운동' 등 여러 가지 조직을 만들었다. 게다가 읽고 쓰는 것을 배울 학급도 편성하였다.

이런 계획들은 대부분 실패로 돌아갔다. 야생 동물들을 길들이려는 시도는 거의 즉시 깨져 버렸다. 그들은 전과 똑같이 행동하려고만 했으며 관대하게 대우해 주면 단지 그것을 이용하려고만 할 뿐이었다. 고양이는 이 '재교육 위원회'에 참가한 며칠 동안은 매우 고무적인 모습을 보였다. 하루는 그녀가 지붕 위에 앉아 손이 닿을 수 없는 곳에 있는 참새들과 이야기를 해 보았다. 그녀는 이제 모든 동물들이 친구가 되었으니 원하는 참새들은 누구라도 이리 날아와서 자기 발등에 앉아도 좋다고 말했다. 그러나 참새들은 가까이 오려 하지 않았다.

그런 것이 실패했음에도 불구하고 읽기반과 쓰기반은 대성공을 거두었다. 가을이 되었을 때는 거의 모든 농장 동물들이 어느 정도 글을 읽고 쓸 수 있게 되었다.

돼지들은 이미 완벽하게 읽고 쓸 수 있었다. 개들도 아주 잘 읽을 수 있을 만큼 공부했지만, 7계명 외에 다른 것을 읽는 데는 아무런 흥미도 느끼지 못했다. 염소 뮤리엘은 개보다 좀 더 잘 읽을 수 있어서 때로는 저녁에 쓰레기 더미에서 찾아낸 신문 자투리를 다른 동물들에게 읽어 주기도 했다. 벤자민 영감은 어떤 돼지보다도 잘 읽을 수 있었지만 자신의 능력을 발휘한 적은 한 번도 없었다. 그는 자기가 알고 있는 한 읽을 만한 가치가 있는 것은 아무 것도 없다고 말하곤 했다. 클로버는 알파벳 전부를 암기했지만, 단어를 짜 맞출 줄은 몰랐다. 복서는 알파벳의 D자 이상으로는 넘어갈 수가 없었다. 그는 커다란 발굽으로 땅에다 A, B, C, D를 쓰고는 귀를 뒤로 축 늘어뜨리고 때로는 앞머리를 흔들면서 글자를 뚫어지게 바라보며 온 힘을 다해 그 다음 알파벳을 기억해 내려고 애를 썼지만 끝내 성공하지 못했다. 실제로 그는 여러 차례 E, F, G, H를 배웠지만, 그 글자들을 익힐 때면 A, B, C, D를 잊어버리곤 했다. 마침내 그는 처음 네 글자만으로 만족하기로 했고, 하루에도 한두 차례씩 기억을 되살려 그 글자들을 써 보곤 했다. 몰리(Mollie)는 자기의 이름을 이루고 있는 글자 여섯 개 외에는 더 이상 아무 것도 배우려 하지 않았다. 그녀는 작은 나뭇가지로 예쁘게 자기 이름을 꾸며 놓고는 꽃 한두 송이로 그걸 장식한 다음 그 주위를 빙 돌며 감탄하곤 했다.

그 밖의 다른 동물들은 A자 이상을 배울 수가 없었다. 뿐만 아니라 양, 암탉, 오리 같은 좀 더 우둔한 동물들은 7계명조차 외울 수 없었다. 한참 동안 고심한 끝에 스노우볼은 7계명을 짧게 요약하여 하나의 표어로 만들었다.

'네 다리는 좋고, 두 다리는 나쁘다!'

그는 이 격언에 동물주의의 기본원칙이 들어 있다고 설명했다. 이 말의 뜻을 충분히 이해한 동물은 누구든지 인간의 영향으로부터 벗어날 수 있다고 역설했다. 새들은 처음에는 자기네도 다리가 둘이라고 생각했기 때문에 반대했지만, 스노우볼이 그렇지 않다고 그들에게 설명해 주었다.

"새의 날개는 말이오, 동무들." 하고 그가 말했다.

"추진기관이지, 조작기관이 아니오. 그러므로 새의 날개는 다리로 생각해야 하오. 인간만이 갖는 특징은 모든 악덕을 자행하는 도구인 '손'이란 말이오."

새들은 스노우볼의 긴 말을 이해하지는 못했지만 그의 설명을 받아들였고, 그래서 우둔한 동물들은 모두 이 새로운 격언을 외우기 시작했다. 창고 한쪽 벽에 석혀신 7계명 위에 '네 다리는 좋고, 두 다리는 나쁘다!'를 그보다 더 큰 글자로 써 놓았다. 이 격언을 한 번 외우자, 양들은 이 말을 무척 좋아하게 되어 때로 들판에 누워 있을 때면 모두가 '네 다리는 좋고, 두 다리는 나쁘다! 네 다리는 좋고, 두 다리는 나쁘다!'를 음매 하고 외치며 몇 시간이고 계속 되풀이했다.

나폴레옹은 스노우볼이 조직한 위원회에는 아무런 관심이 없었다. 그는 어린 것들의 교육이 벌써 다 자란 동물들에게 해줄 수 있는 어떤 일보다 중요하다고 말했다. 제시와 블루벨은 건초를 거두어들인 직후에 새끼를 낳았다. 그리하여 그들 사이에는 튼튼한 강아지가 아홉 마리나 생겼다. 강아지들이 젖을 떼자 나폴레옹은 그들의 교육은 자기가 책임지겠다고 말하면서 어미로부터 빼앗아 갔다. 그는 마구간에서 사다리를 놓아야 올라갈 수 있는 외양간 다락으로 그들을 데리고 가 숨겼기 때문에, 농장 내의 다른 동물들은 곧 그들의 존재를 잊어버리고 말았다.

'우유가 어디로 사라졌는가'하는 비밀은 곧 풀리게 되었다.

그것은 매일 돼지들의 먹이 속에 섞여 들어갔다.

곧이어 풋사과가 익기 시작했고 그것이 바람에 떨어져 과수원 풀밭 여기저기에 떨어지게 되었다. 동물들은 당연히 이 사과들이 모두에게 공평하게 나누어질 것이라고 생각했다. 그러나 어느 날 바람에 떨어진 사과들을 모아서 돼지우리로 가져오라는 명령이 떨어졌다. 이 일에 대해 몇몇 다른 동물들이 투덜거렸지만 아무 소용이 없었다. 다른 돼지들은 물론, 나폴레옹과 스노우볼까지도 이 점에 있어서는 만장일치로 합의를 이루었다. 스퀴러가 다른 동물들에게 적절한 설명을 해주기 위해 나섰다. 그가 외쳤다.

"동무들! 여러분들은 우리 돼지들이 이기주의나 특권의식으로 그렇게 한다고 생각하지는 않겠지요? 실제로 우리들 대부분은 우유와 사과를 싫어합니다. 나 자신도 그것들을 싫어하지요. 그런 것들을 우리가 먹는 유일한 이유는 우리의 건강을 지키기 위해섭니다. 우유와 사과는 – 동무들, 이것은 과학적으로 증명되었습니다. – 돼지의 건강에 절대적으로 필요한 영양분을 포함하고 있습니다. 우리 돼지들은 정신노동자들입니다. 이 농장의 경영과 조직이 모두 우리에게 달려 있습니다. 밤낮으로 우리들은 여러분의 복지를 위해 노력하고 있기 때문에 우리가 우유를 마시고 사과를 먹는 것은 여러분들을 위한 것이지요. 여러분을 위한 우리 돼지들의 의무를 다하지 못한다면 무슨 일이 일어날지 여러분들은 알고 있습니까? 존스 씨가 돌아올 겁니다. 예, 존스 씨가 돌아올 겁니다. 틀림없어요. 동무들."

스퀼러는 이리저리 뛰어다니며 꼬리를 흔들면서 거의 애원하듯 외쳤다.

"여러분 가운데 존스 씨가 돌아오기를 바라는 동물은 아무도 없겠지요?"

이러고 보니 동물들에게 확실한 것이 한 가지 있다면 그것은 이제 그들이 존스 씨가 돌아오기를 원하지 않는다는 것이었다. 그들에게 이런 식으로 설명하자, 더 이상 누구도 말할 수가 없게 되었다. 돼지들의 건강을 유지시키는 일이 중요하다는 것은 너무나 명백했다. 그리하여 우유와 떨어진 사과―그리고 다 익었을 때 거두어들일 사과까지도―는 돼지들만을 위해 남겨 두어야 한다는 것이 더 이상의 논쟁 없이 가결되었다.

Animal Farm

4

CHAPTER

　늦여름이 되었을 때, 동물 농장에서 일어날 사건에 관한 소식이 주(州)의 반 정도까지 퍼져 나갔다. 스노우볼과 나폴레옹은 매일 비둘기를 이웃농장에 날려 보내, 그곳에 있는 동물들에게 봉기이야기를 전해 주고 〈영국의 동물들〉을 가르쳐 주게끔 했기 때문이다.

　한편, 존스 씨는 대부분의 시간을 윌링던의 술집 '레드 라이온'에 퍼질러 앉아 보내면서 만나는 사람들에게 자기 이야기를 늘어놓았다. 자신은 포악한 한무리의 동물들에 의해서 자기 소유지에서 쫓겨났는데, 이런 억울한 일이 세상에 어디 있냐며 불평을 늘어놓았다. 다른 농장주들은 겉으로는 그를 동정했지만 처음에는 그에게 별다른 도움을 주지 않았다. 내심 존스 씨가 당한 불행을 어떻게 하면 자신들에게 유리하게 이용할 수 있을까 하는 생각을 은밀히 했다.

동물농장과 인접한 두 농장의 주인들이 항상 사이가 나빴던 것은 다행스러운 일이었다. 그 중 폭스우드라는 이름을 가진 농장은 넓기는 했지만 제대로 돌보지 않은 구식 농장으로, 숲이 너무 무성했고 목장 전체가 황폐해졌으며 울타리조차 엉성했다. 이 농장의 주인인 필킹턴 씨는 계절에 따라 낚시나 사냥으로 대부분의 시간을 보내는 게으른 한량같은 농부였다.

그리고 핀치필드라는 또 다른 농장은 그보다는 작지만 관리가 잘 되어 있었다. 이 농장의 주인인 프레데릭 씨는 완고하고 빈틈없는 사람으로 항상 소송에 걸려 있었고 부당한 거래를 한다는 평판을 받고 있었다. 이들 두 사람은 서로를 너무나 싫어해서 자신들 공동의 이익을 위한 일조차도 의견의 일치를 보기 어려웠다.

그럼에도 불구하고 이들 두 사람은 동물농장의 봉기 소식에 겁을 내어 자기네 동물들도 그런 것을 배울까 봐 무척이나 걱정을 했다. 처음에 그들은 동물들이 농장을 관리한다는 사실을 경멸하며 비웃었다. 그래서 2주일만 지나면 모든 것이 끝날 것이라고 떠벌려 댔다. 그들은 메이너 농장(그들은 '동물농장'이라는 이름을 인정하려 들지 않았기 때문에 아직도 '메이너 농장' 이라 부르기를 고집했다)의 동물들은 끝없이 서로 싸우다가 결국은 굶어 죽게 될 것이라고 생각했다.

그러나 시간이 지나도 동물들이 굶어 죽을 기미가 보이지 않자, 프레데릭 씨와 필킹턴 씨는 지금까지의 태도를 바꾸어 동물농장에 대한 헛소문을 퍼뜨리기 시작했다. 동물농장의 동물들이 서로의 고기를 뜯어먹는 일을 쉽게 저지르며, 벌겋게 불에 달군 편자로 고문을 하는가 하면 암놈을 서로 공유한다고 떠들어댔다. 이런 일들이 벌어지는 것은 자연의 법칙을 역행했기 때문이라고 프레데릭 씨와 필킹턴 씨는 덧붙였다.

그러나 누구도 이런 이야기들을 그대로 믿지는 않았다. 인간을 쫓아내고 동물들이 스스로 자신들의 일을 해 나가고 있는 멋진 농장에 대한 소문은 막연하게 왜곡된 형태로 계속해서 퍼져 나갔다. 그리고 그해 내내, 봉기의 물결이 그 지방에 퍼져 나갔다.

언제나 말을 잘 듣던 황소가 갑자기 사나워졌고, 양은 울타리를 부수고 토끼풀을 다 먹어 치웠으며, 암소들은 물통을 차던졌고, 사냥말들은 담을 뛰어넘으려 들지 않았으며 오히려 타고 있는 사람들을 땅바닥에 내동댕이쳤다. 무엇보다 〈영국의 동물들〉이라는 노래의 곡조와 가사가 널리 알려졌다. 그것도 놀라운 속도로 퍼져 나갔다. 사람들은 이 노래를 들었을 때 단지 우스꽝스러운 노래일 뿐이라고 넘겨 버리는 척 했지만 사실은 끓어오르는 화를 참을 수 없었다.

그들은 아무리 동물이라 할지라도 어떻게 그처럼 비열하고 쓰레기 같은 노래를 부를 수 있는지 이해할 수 없다고 말했다. 그 노래를 부르다가 붙들린 동물들은 채찍질을 당했다.

그렇지만 그 노래를 막을 수는 없었다. 티티새들은 울타리에서 그 노래를 지저귀었고 비둘기는 느릅나무에서 구구거려 대장간의 챙챙거리는 소리와 교회의 종소리 속으로 파고

들었다. 인간들은 그 노래를 들을 때면 그 노래에서 자신들의 미래의 운명에 대한 예언의 소리를 듣고는 남몰래 두려움에 몸을 떨었다.

10월 초, 곡식을 베어 낟가리로 쌓아 놓고 일부는 벌써 타작이 끝난 어느 날, 한 떼의 비둘기들이 하늘 저편에서 날아와 몹시도 흥분된 모습으로 동물농장의 마당에 내려앉았다.

그들은 존스 씨와 그의 일꾼들이 폭스우드와 핀치필드에서 온 여섯 명과 함께 다섯 개의 판자로 된 문을 밀치고 들어와 마찻길을 지나 농장으로 올라오고 있다는 것이었다. 존스 씨는 손에 총을 들고 선두에 서서 올라오고 있었으며 나머지 일행들은 모두 몽둥이를 들고 있다는 것이었다. 분명히 그들은 농장을 되찾으러 오고 있는 것이었다.

이런 사태는 오래 전부터 예상했던 일이며, 그것에 대응 할 준비도 모두 갖추어져 있었다. 농장집에서 찾아낸 줄리어스 시저의 전쟁에 관한 오래된 책으로 연구해 온 스노우볼이 방어 작전의 책임을 맡았다. 그는 신속히 명령을 내렸고, 2분도 채 안되어 모든 동물들이 각각 제자리에 위치했다.

사람들이 농장 건물로 접근해 오자, 스노우볼이 첫 번째 공격을 개시했다. 서른다섯 마리의 비둘기들이 일제히 사람들의 머리 위로 이리저리 날면서 그들에게 똥을 갈겨댔다. 사람들이 이것을 피하기 위해 우왕좌왕하는 동안, 울타리 뒤에 숨어 있던 거위들이 뛰어나와 그들의 종아리를 매섭게 쪼아댔다. 하지만 사람들은 몽둥이로 손쉽게 거위를 쫓아냈다. 그러나 이것은 사람들에게 약간의 혼란을 주려는 전초전에 지나지 않았다.

이제 스노우볼은 두 번째 공격으로 넘어갔다. 뮤리엘과 벤자민 영감, 그리고 모든 양들이 스노우볼을 선두로 하여 사방에서 덤벼들어 사람들을 찌르고 들이받으며 공격을 가했고, 특히 벤자민 영감은 빙빙 돌면서 그 작은 발굽으로 사람들을 쳐서 때려 눕혔다. 그러나 몽둥이를 들고 징 박은 장화를 신은 인간들은 역시 그들에게는 힘겨운 상대였다.

갑자기 스노우볼이 후퇴하라는 신호로 소리를 지르자 모든 동물들은 뒤돌아서 문을 통해 마당으로 도망쳤다.

사람들은 승리의 함성을 질렀다. 예상한 대로 동물들이 도망치는 것을 보자 사람들은 무질서하게 추격하기 시작했다. 이것이 바로 스노우볼이 의도했던 것이었다. 그들이 마당으로 들어서자마자 외양간에 숨어 있던 말 세 마리와 암소 세 마리 그리고 나머지 돼지들이 갑자기 뒤에서 나타나 그들을 막았다. 그때 스노우볼이 공격 신호를 보냈다. 그는 존스 씨에게 달려들었다.

존스 씨는 스노우볼이 달려드는 것을 보자 총을 들어 발사했다. 총알은 스노우볼의 등에 핏자국을 내며 스쳐 지나가 양한 마리를 쓰러뜨렸다. 그 순간을 놓칠세라 스노우볼은 15스톤(약 95킬로그램)이나 되는 자신의 몸을 존스 씨의 다리를 향해 내던졌다. 이에 존스 씨는 똥 무더기 위로 털썩 쓰러지면서 손에서 총을 놓쳤다.

그러나 무엇보다도 가장 무서운 광경은 복서의 모습이었다.

그는 뒷발로 우뚝 서서 마치 종마처럼 징 박은 커다란 발굽으로 발길질을 하고 있었다. 그의 첫 일격은 폭스우드에서 온 마부의 머리통을 쳐서 진흙바닥에 쭉 뻗게 만들었다. 이 광경을 본 몇몇 사람들은 몽둥이를 팽개치고 도망치려 했다. 순식간에 그들은 공포에 휩싸였고, 다음 순간 모든 동물들이 일제히 마당을 돌며 사람들을 추격해 나갔다. 그들은 찌르고, 차고, 물고, 짓밟느라고 정신이 없었다. 농장의 동물들 모두 각자 나름의 방식으로 원수를 갚아 나갔다. 고양이마저 느닷없이 지붕에서 목축업자의 어깨로 뛰어내려 발톱으로 목을 할퀴었다. 그러자 그는 무섭게 비명을 질러댔다.

그 순간 앞이 열렸고, 사람들은 이때다 하고 마당에서 뛰어나가 큰길로 달아났다.

그리하여 사람들은 공격한지 채 5분도 안 되어, 뒤 쫓아와 사방에서 쪼아대는 거위 떼를 떨치며 의기양양하게 들어왔던 그 길로 치욕적인 후퇴를 하게 되었다.

한 명을 제외하고 모든 사람들이 도망쳐 버렸다. 마당에 돌아온 복서가 흙 속에 얼굴을 처박은 마부를 발굽으로 흔들며

젖혀놓으려고 애를 썼다. 마부 소년은 꼼짝도 하지 않았다.

"죽었군. 난 그럴 생각은 아니었는데, 발에 징을 박았다는 사실을 잊어버렸어. 내가 일부러 이러지 않았다는 것을 누가 믿어 줄까?"

복서가 슬퍼하며 말했다.

"감상은 금물이오, 동무! 전쟁은 전쟁이오. 선량한 인간이란 오직 죽은 이들뿐이오."

상처에서 여전히 피를 뚝뚝 흘리며 스노우볼이 외쳤다.

"난 누구든 죽이고 싶지 않아요. 비록 인간의 생명이라도요"

복서는 계속해서 말했고 그의 눈에는 눈물이 가득 고였다. 누군가가 소리를 질렀다.

"몰리는 어디 있지?"

정말 몰리가 보이지 않았다. 잠시 큰 동요가 일었다. 사람들이 몰리에게 상처를 입혔거나 심지어 그녀를 끌고 갔을지도 모른다고 걱정을 했다. 그러나 몰리는 자기 마구간의 여물통 건초더미 속에 머리를 처박고 숨어 있었다. 그녀는 총소리가 나자마자 재빨리 도망쳤던 것이다.

동물들이 그녀를 찾아내어 돌아왔을 때, 그들은 사실은 잠시 기절했을 뿐 죽은 것은 아니었던 마부 소년이 이미 정신을 차려 재빨리 도망쳐 버렸다는 사실을 알게 되었다.

　동물들은 광적인 흥분 상태에서 다시 모여들어 저마다 한껏 자신들의 무공을 떠들어댔다. 그리고 바로 즉석에서 승전 축하 행사가 벌어졌다. 그들은 기를 게양하고 〈영국의 동물들〉을 농장이 떠나갈듯한 기세로 몇 차례 부른 뒤, 목숨을 잃은 양을 위해 엄숙한 장례식을 거행했다. 그러고 나서 그녀의 묘위에 산사나무 한 그루를 심어 주었다. 무덤 옆에서 스노우볼은 짤막한 연설을 통해 모든 동물들은 필요하다면 동물농장을 위해 목숨을 바칠 각오를 해야 한다고 말했다.

　동물들은 '제1급 동물 영웅' 무공훈장을 제정할 것을 만장일치로 결의하고, 바로 그 자리에서 스노우볼과 복서에게 이 훈장을 수여했다. 그 훈장은 놋쇠로 된 메달(동물들은 마구간에서 발견한 낡은 말 장식을 가지고 있었다)로 일요일과 공휴일에 착용하도록 했다. 또한 '제2급 동물 영웅' 훈장도 제정하여 그것을 전사한 양에서 수여했다.

이 전투를 뭐라고 부를 것인지에 대해 열띤 토론을 벌였고, 마침내 복병이 뛰쳐나온 곳의 이름을 따서 '외양간 전투'라고 명명했다.

존스 씨의 총이 진흙 속에 묻혀 있는 것을 찾아냈고, 농장집 탄약통에서 총알이 남아 있는 것도 찾아냈다. 동물들은 그 총을 깃대 아래에 마치 대포처럼 걸어 놓아 일 년에 두 차례씩, '외양간 전투' 기념일인 10월 20일과 봉기 기념일인 '성 요한 축일'에 축포를 쏘도록 결정했다.

Animal Farm

5

CHAPTER

겨울이 다가올수록 몰리는 점점 더 골칫거리가 되어 갔다. 그녀는 매일 아침 작업장에 늦게 나타나서는 늦잠을 잤다고 핑계를 대었다. 또한 이상하게 몸이 아프다고 투덜거리면서도 식욕만은 왕성했다. 갖가지 구실로 일터를 빠져나온 몰리는 우물가로 가서 멍청히 우물 속에 비친 자신의 모습을 들여다보곤 했다. 그러나 그보다 더 심각한 소문이 떠돌고 있었다.

　어느 날 몰리가 긴 꼬리를 흔들고 건초를 씹으면서 마당으로 어슬렁어슬렁 들어오자, 클로버가 그녀를 한쪽으로 데려갔다.

"몰리. 당신에게 매우 하기 어려운 이야기를 하나 해야겠어요, 오늘 아침 당신이 동물농장과 폭스우드 경계에 있는 울타리 너머를 쳐다보는 것을 보았어요. 필킹턴 씨의 일꾼 한 사람이 울타리 저편에 서 있더군요. 비록 내가 멀리 떨어져 있었지만 똑똑히 볼 수 있었는데, 그 사람이 당신에게 말을 걸고 당신의 코를 쓰다듬는 데도 당신은 가만히 있더군요. 그게 무슨 짓이죠. 몰리?"하고 클로버가 말했다.

"그렇지 않아요! 난 거기에 없었어요! 그건 사실이 아니에요!"

몰리는 오히려 펄펄 뛰고 땅바닥을 긁으며 울부짖었다.

"몰리! 내 얼굴을 봐요. 그 사람이 당신의 코를 쓰다듬지 않았다는 것을 명예를 걸고 말할 수 있나요?"

"그건 사실이 아니에요!"

몰리는 같은 말을 반복했지만 클로버의 얼굴을 똑바로 바라보지 못했다. 그리고 다음 순간, 들판으로 줄행랑을 쳤다.

불현듯 클로버에게 한 가지 생각이 떠올랐다. 그녀는 다른 동물들에게는 아무 말도 하지 않고 몰리의 마구간으로 가서 발굽으로 짚을 뒤집어 헤쳐 보았다. 밀짚 아래에는 작

은 각설탕 한 조각과 여러 색깔의 리본다발 몇 개가 감추어
져 있었다.

사흘 후, 몰리가 사라졌다. 그 후 몇 주일 동안 그녀가 어디
에 있는지 아무런 소식이 없었다. 그러던 어느 날, 비둘기들이
윌링던의 저편에서 그녀를 보았다고 알려 왔다. 그녀는 어느
술집 앞에 서 있는 붉은색과 검정색 페인트를 칠한 작은 마차
의 굴대 사이에 서 있었다고 한다. 그리고 체크무늬 바지를 입
고 각반을 두른 뚱뚱하고 얼굴이 불그레한 술집주인인 듯한 남
자가 그녀의 코를 쓰다듬으며 설탕을 먹이고 있었다는 것이다.
그녀의 털은 새로 깎여 있었고, 앞머리에는 진홍색 리본을 매
고 있었으며, 매우 즐거워 보이더라고 비둘기가 덧붙였다. 그
후로 동물들은 아무도 몰리 이야기를 하지 않았다.

1월이 되자, 혹독한 추위가 찾아왔다. 땅이 쇳덩이처럼 얼어
붙어 있어서 들에서는 아무 일도 할 수가 없었다. 큰 창고에서
는 회합이 빈번히 열렸고 돼지들은 돌아오는 봄철에 할 일을
계획하는데 몰두했다. 어떤 동물보다 영리한 돼지들이 – 비록
다수결로 인준을 받긴 해야 했지만 – 농장 정책의 모든 문제를

결정해야 한다는 것에는 이의가 없었다. 이런 협의는 스노우볼과 나폴레옹 간의 불화만 없었다면 제대로 잘 시행될 수 있었을 것이다. 그러나 이 둘은 의견이 갈릴 소지가 있는 모든 점에서 의견을 달리했다. 둘 중 하나가 보리를 더 많이 심을 것을 제의하면 다른 하나는 귀리를 더 많이 심자고 주장했고, 어느 한쪽이 이러이러한 땅에는 양배추가 알맞다고 말하면 다른 하나는 그곳에는 뿌리를 먹는 근채류 이외에는 맞지 않는다고 주장하곤 했다.

그 둘은 각기 추종자도 거느리고 있었고, 때로는 격렬한 논쟁도 벌였다. 회합에서는 스노우볼이 뛰어난 연설로 자주 다수표를 획득했지만 나폴레옹은 은밀하게 자기 쪽으로 표를 끌어오는데 능란했다 나폴레옹은 특히 양들을 잘 다루었다. 최근 양들은 때를 가리지 않고 '네 다리는 좋고, 두 다리는 나쁘다!'고 소리를 질렀는데, 그들은 이런 방법으로 회합을 자주 중단시켰다. 그들은 특히 스노우볼의 연설이 절정에 달했을 때 '네 다리는 좋고, 두 다리는 나쁘다'고 외쳐 방해를 하는 경향이 있었다.

스노우볼은 농장 집에서 찾아낸 〈농민과 목축〉이란 잡지 몇 권을 놓고 세밀히 연구한 결과 여러 가지 혁신과 개선 방안을 잔뜩 세워 놓았다. 그는 배수로와 저장법, 그리고 염기성 슬래그(비료나 시멘트의 혼합재료)에 대해 학자처럼 설명했고, 운반노동력을 절약하기 위하여 모든 동물들은 매일 들판의 다른 곳에 직접 변을 배설하도록 하는 등 복잡한 계획을 생각해 냈다.

나폴레옹은 자신이 직접 계획들을 생각해 내지는 못했

만, 스노우볼의 계획이 아무 쓸모가 없게 될 것이라고 조용히 말하고는 때를 기다리는 것 같았다. 그러나 그들이 벌인 모든 논쟁 중에서, 일찍이 풍차 때문에 일어난 논쟁만큼 격렬했던 것은 없었다.

농장 건물로부터 멀지 않은 곳에 있는 긴 목초지 안에, 이 농장에서 가장 높은 곳인 작은 언덕이 있었다. 스노우볼은 이 지형을 조사한 후 이곳이 풍차를 세우기에 가장 적당한 장소라고 선언하고, 풍차가 서면 발전기를 돌려 농장에 전력을 공급할 수 있을 것이라고 말했다. 전기는 축사를 밝혀 주고 겨울에는 난방을 할 수 있을 뿐만 아니라 둥근 톱, 절단기, 여물 자르개, 그리고 전기 착유기를 사용 할 수 있을 것이라고 말했다. 동물들은 일찍이 이런 기계들에 대해서 들어본 적이 없었다(이 농장은 구식이었기 때문에 가장 원시적인 기구만 있었다). 그래서 자기들은 편안히 들판을 바라보며 책을 읽거나 대화를 하며 교양을 쌓는 동안, 자신들의 일을 대신해 준다는 환상적인 기계들을 설명해 주는 스노우볼의 말에 넋을 잃고 귀를 기울였다.

몇 주일 후에 풍차를 만들겠다는 스노우볼의 계획안이 완성되었다. 기계의 세부 지식은 주로 존스 씨의 것이었던 〈가정백과〉, 〈벽돌쌓기는 누구나〉, 〈전기학 입문〉 등 세 권의 책에서 얻어냈다.

스노우볼은 전에는 인공부화장이 있었던, 제도하기 알맞게 매끈한 마룻바닥이 있는 움막 하나를 서재로 사용했다. 그는 한 번 그 움막에 들어가면 몇 시간씩 틀어박혀 있었다. 책을 펼쳐 돌로 눌러 놓고 앞발 끝 사이에 분필조각을 잡고서는 이리저리 빠르게 움직이면서 계속 선을 그었고 흥분에 싸여 작은 소리로 중얼거리기도 했다. 점차 그 설계도는 크랭크와 톱니바퀴로 이루어진 복잡한 덩어리가 되어 마룻바닥의 반 이상을 차지하게 되었고 다른 동물들은 그것을 전혀 이해하지는 못했지만 매우 감동하며 구경하였다. 모든 동물들이 적어도 하루에 한 번씩은 스노우볼의 설계도를 보러 왔다. 심지어 암탉들과 오리들까지 와서는 분필 표시를 밟지 않으려고 애를 썼다. 오직 나폴레옹만이 그 일에 무관심했다. 그는 처음부터 풍차에 대해 반대 입장을 표시했던 것이다.

그러던 어느 날, 나폴레옹이 뜻밖에도 그 계획을 검토하기 위해 움막으로 들어왔다. 그는 움막 안을 천천히 돌며 설계의 모든 세부사항을 세밀하게 살펴보고, 한두 번 킁킁거리며 냄새도 맡아 보았다. 그리고 잠시 동안 서서 곁눈으로 그것들을 노려보던 나폴레옹이 느닷없이 한 다리를 쳐들고 그 설계도 위에다가 오줌을 갈겨댔다. 그리고 한마디 말도 없이 나가 버렸다.

농장 전체가 풍차 문제로 심각하게 분열되었다. 그것을 건설하는 일이 어려울 것이라는 점은 스노우볼도 부인하지 않았다. 돌을 쪼아서 벽을 세워야 하고 풍차날개를 만들어야 하며, 그런 다음에도 발전기와 전선이 필요할 것이었다.(이것들을 어떻게 준비할 것인지에 대해서는 스노우볼도 말하지 못했다) 그러나 그는 한 1년 정도면 모두 완성할 수 있다고 주장하였다. 그런 다음이면 노동력을 상당히 절약할 수 있어 동물들은 일주일에 사흘만 일하면 된다고 그는 큰 소리를 쳤다.

이와는 반대로, 나폴레옹은 현재 가장 절실히 필요한 것은 식량 생산을 늘리는 것이며 만일 풍차에 시간을 낭비하면 우리 모두가 굶어 죽을 것이라고 역설했다. 동물들은 '스노우볼에 투표해서 주당 3일 노동을!'과 '나폴레옹에 투표해서 풍족한 밥그릇을!' 이라는 두 개의 슬로건 아래 두 파로 나뉘었다.

벤자민 영감만이 어느 편에도 들지 않은 유일한 동물이었다. 그는 식량이 더욱 풍부해지리라는 것도, 풍차가 노동시간을 단축해 주리라는 것도 믿지 않았다. 풍차가 있든 없든, 생활은 항상 그래 왔던 것처럼 언제나 고생스러울 것이라고 그는 말했다.

풍차를 둘러싼 논쟁 외에도 농장의 방위에 관한 또 다른 논쟁이 벌어졌다. 인간들이 '외양간 전투'에서 패배했지만, 그들은 농장을 탈환하고 존스 씨를 다시 농장 주인으로 앉히기 위해 또 다시 시도할 것이라는 점에서는 모든 동물이 충분히 인지하고 있었다. 인간들이 패배했다는 소문이 이 지방 전체에 퍼졌고 이웃 농장들의 동물들도 전보다 더욱 반항적으로 변했기 때문에 사람들이 그렇게 해야 할 이유는 더욱 커졌다.

스노우볼과 나폴레옹은 늘 그래 왔던 것처럼 의견이 일치되지 못했다. 나폴레옹은 동물들이 해야 할 일은 소총을 획득해서, 그들이 사용할 수 있도록 훈련해야 한다고 주장 했다.

반면에 스노우볼은 비둘기를 더 많이 다른 농장으로 보내서 다른 농장의 동물들에게 봉기를 선동해야 한다고 했다. 한쪽은 그들 스스로가 자신을 방어할 수 없다면 그들은 정복당하고 말 것이라고 주장하는 반면, 다른 한쪽은 반란이 여기저기서 일어나면 그들은 스스로를 방어할 필요가 없게 될 것이라고 주장했다.

동물들은 처음에는 나폴레옹의 의견에 귀를 기울였다가 다시 스노우볼의 말을 듣고는 어느 것이 옳은지 판단할 수가 없게 되었다. 사실, 그들은 언제나 그 순간에 말하고 있는 쪽에 동의하곤 했다.

마침내 스노우볼의 계획이 완성되는 날이 되었다. 다음 일요일 회합에서 풍차 건축 작업을 시작할 것인지에 관한 문제를 투표로 결정하기로 하였다.

동물들이 큰 창고에 모이자 스노우볼이 일어서서 이따금 시끄럽게 떠드는 양들의 방해를 받으며, 풍차 건설을 주장하는 이유를 설명하였다.

그러자 나폴레옹이 일어서서 반박했다. 그는 아주 조용한 어

조로 풍차란 허무맹랑한 것이며 누구도 그
것을 지지하는 표를 던져서는 안 된다고 말
하고는 곧 자리에 앉았다. 그는 불과 삼십초
동안만 연설했으며, 자기가 발어한 것에 대한 효
과에 대해서는 거의 무관심한 것처럼 보였다. 이때 스
노우볼이 벌떡 일어나서 '음매' 거리기 시작하는 양들에게 고
함을 지른 뒤 풍차 건설에 찬성해 줄 것을 열렬히 호소하였다.
이전까지는 동물들의 의견이 거의 반반으로 갈려 있었는데, 순
식간에 스노우볼의 의견 쪽으로 기울어지고 말았다.

그는 유창한 구변으로 단순 노동이 동물들의 등에서 벗겨질
때 이루어질 동물농장의 모습을 묘사해 나갔다. 스노우볼의 상
상력은 이미 절단기와 여물 자르개의 수준을 훨씬 넘어서고
있었다. 전기는 탈곡기, 쟁기, 써레, 땅 고르는 기계,
수확기와 결속기계를 가동시킬 수 있을 뿐만 아니
라 모든 방마다 전등과 냉온수와 전기난방기를
설치할 수 있다고 설명했다. 스노우볼이 연설
을 마칠 무렵이 되자, 투표의 향방은 결정된

것이나 다름이 없었다.

그러나 바로 그 순간, 나폴레옹이 일어나서 그 특유의 곁눈질로 스노우볼을 노려본 뒤 일찍이 아무도 들어본 적이 없는 높이 째지는 음성으로 소리를 질렀다. 이 소리가 나자 밖에서 무시무시하게 으르렁거리는 소리가 나더니 놋쇠장식 단추를 단 커다란 개 아홉 마리가 창고 안으로 달려 들어왔다. 그들이 곧장 스노우볼에게 달려가 덤벼들었는데, 스노우볼이 자리에서 재빨리 일어나 물어 뜯으려는 개들의 이빨을 겨우 피할 수 있었다. 그는 급히 밖으로 달아났고, 개들이 그의 뒤를 쫓았다.

말할 수 없을 정도로 놀라고 공포에 찬 동물들은 문쪽으로 몸을 돌려 몰려가 그 추격전을 바라보았다. 스노우볼은 한길로 나가는 긴 목장을 가로질러 도망갔다. 그는 죽을 힘을 다해 달렸지만 개들은 그의 뒤꿈치 바로 뒤까지 추격해 갔다. 그러다 갑자기 그가 미끄러졌고, 이제 그는 개들에게 잡힐 것처럼 보였다. 그러나 그는 다시 일어나 전보다 더 빨리 달렸고 개들도 다시 그를 추격하였다. 개들 중 한 마리가 스노우볼의 꼬리를 거의 이빨로 물어뜯을뻔 했으나, 스노우볼이 재빨리 꼬리를 휘둘러 겨우 위기를 모면할 수 있었다. 그런 후, 그는 남은 힘을 다해 몇 인치를 사이에 두고 울타리 구멍으로 빠져나가 자취를 감추어 버렸다.

할 말을 잃고 공포에 휩싸인 동물들이 창고로 다시 슬며시 들어왔다. 곧이어 개들도 달려 들어왔다. 처음에는 이 개들이 어디서 왔는지 아무도 알 수가 없었으나 의문은 곧 풀렸다.

그들은 나폴레옹이 블루벨과 제시로부터 떼어내 은밀히 기르던 강아지들이었다. 그들은 아직 다 자라지는 않았지만, 덩치가 커다란 개로서 늑대처럼 사나워 보였다. 개들은 나폴레옹 곁에 붙어 다녔다. 다른 개들이 존스 씨에게 했던 것처럼 그 개들은 나폴레옹에게 꼬리를 흔들어 댔다.

나폴레옹은 뒤에 개들을 거느리고, 전날 메이저 영감이 서서 연설하던 높이 쌓은 연단으로 올라갔다. 그는 이제부터 일요일 아침의 회합을 중지하겠노라고 선포했다. 그런 회합은 불필요할 뿐만 아니라 시간 낭비라는 것이었다. 앞으로 농장 작업에 관련된 모든 문제는 자신이 주재하는 돼지들의 '특별위원회'

에서 결정하겠다고 하였다. 이들은 비밀리에 회의를 하며 그들의 결정사항은 추후에 다른 동물들에게 전달될 것이었다. 동물들은 여전히 일요일 아침에 모여 기에 경례를 한 다음 〈영국의 동물들〉을 제창하게 될 것이며, 그 주일에 이행할 명령을 하달받겠지만 토론은 일체 허용하지 않는다는 것이었다.

스노우볼의 추출이 그들에게 안겨 준 충격에도 불구하고 동물들은 이 발표에 실망했다. 만일 그들이 정당한 의논을 할 수 있었더라면 그들 중 몇몇은 항의를 했을 것이다. 심지어 복서마저도 막연하게나마 기분이 언짢았다. 복서는 귀를 뒤로 쫑긋거리며 앞머리를 몇 차례 흔들며 자기 생각을 정리하려고 애를 썼다. 하지만 무엇을 말해야 할지 아무것도 떠오르지 않았다.

몇몇 돼지들은 그래도 좀 더 똑똑했다. 앞줄에 앉아 있던 네 마리의 젊은 돼지들이 날카로운 목소리로 반대 의사를 표명하더니 벌떡 일어나 일제히 말하기 시작했다. 그러나 갑자기 나폴레옹 주위에 앉아 있던 개들이 위협적으로 으르렁거리는 소리를 깊숙이 뱉어내자, 돼지들은 아무 소리도 하지 못하고 다시 주저앉고 말았다. 그러자 양들이 커다란 소리로 '네 다리는 좋고 두 다리는 나쁘다.'를 음매거리며 15분 동안이나 계속 떠들어댔기 때문에 토의할 기회를 아주 막아버렸다.

나중에 스퀴러가 농장 전체를 돌며 다른 동물들에게 새로운 협의에 대해서 설명하였다.

"동무들, 나폴레옹 동무가 스스로 과외의 일을 떠맡은 희생적인 행동에 대해 이곳의 모든 동물들이 감사히 여길 것이라고 나는 확신합니다. 동무들, 지도자가 된다는 일이 기쁜 일일 것이라고 생각해서는 안 됩니다. 그와 반대로 그것은 깊고도 무거운 책임을 의미하는 겁니다. 모든 동물들이 평등하다는 것을 나폴레옹 동무만큼 굳게 믿는 동물은 아무도 없습니다. 그는 여러분이 스스로 결정할 수 있게 된다면 더할 나위 없이 기뻐할 것입니다. 그러나 때때로 여러분은 잘못 판단할 수도 있을 겁니다. 동무들, 그러면 우리는 어떻게 되겠습니까? 여러분이 풍차라는 헛된 망상에 속아서 스노우볼을 따르기로 결정했다고 생각해 보십시오. 스노우볼은 우리 모두가 잘 알고 있는 것처럼 죄인보다 더 나을 게 없는 동물입니다."

"그는 '외양간 전투'에서 용감하게 싸웠어요."

누군가가 말했다.

그러자 스퀴러가 말했다.

"용감한 것만으로는 충분하지 않습니다. 충성과 복종이 더 중요합니다. 그 전투에서 스노우볼이 했던 업적이 상당히 과장되었음이 밝혀질 날이 올 것이라고 나는 믿습니다. 규율! 동무들, 철통같은 규율이 중요합니다. 이것이 오늘의 기본 강령입니다. 한번 잘못 발을 옮기면 우리의 적들이 우리를 억압할 것입니다. 동무들, 여러분들은 분명히 존스 씨가 돌아오기를 바라지 않겠지요?"

또다시 이런 의견에 반박이 있을 수 없었다. 확실히 동물들은 존스 씨가 돌아오는 것을 원하지 않았다. 그러니 그의 말에 반론이 있을 수 없었다. 만약 일요일 아침에 하는 토의가 존스 씨를 돌아오게 만들 우려가 있는 것이라면 그런 토의는 중단해야 마땅했다. 이제까지 여러 차례 상황들을 생각해 볼 여유를 가졌던 복서가, '나폴레옹 동무가 그렇게 말한다면 그게 옳겠지요.' 라고 말함으로써 동물들의 전반적인 분위기를 대신해주었다. 그리고 그때부터 그는 '내가 좀 더 일하겠다.' 라는 개인적인 좌우명에 덧붙여서 '나폴레옹은 항상 옳다.'라는 격언을 만들었다.

이 무렵, 날씨도 풀려서 봄갈이가 시작되었다. 스노우볼이 풍차를 설계하던 방은 폐쇄되었고, 그 설계도는 마룻바닥에서 지워졌으리라고 생각되었다.

매주 일요일 아침 10시에 동물들은 큰 창고에 모여서 그 주일의 작업 명령을 받았다. 이제는 살점이 하나도 남아 있지 않은 메이저 영감의 두개골이 과수원에서 파내어져, 깃대 밑 그루터기에 총과 나란히 놓여졌다. 기를 게양한 후, 동물들은 경건한 태도로 이 두개골 앞을 지나 창고로 들어가라는 지시를 받았다.

이제 동물들은 예전처럼 모두 함께 모여 앉지 않게 되었다. 나폴레옹과 스퀴러는 노래와 시를 짓는 데 뛰어난 재능을 가진 미니머스라는 또 한 마리의 돼지와 함께 높이 쌓은 연단 앞줄에 앉았고 그들 주위로 반원형을 이루며 아홉 마리의 젊은 개들이 둘러앉았으며, 다른 돼지들이 그 뒤에 앉았다. 나폴레옹이 군인 같은 절도 있는 태도로 그 주일에 해야 할 일에 대해 읽고 나면, 모든 동물들은 〈영국의 동물들〉을 한 번 부른 후에 해산했다.

스노우볼이 추방된 뒤 세 번째 맞는 일요일, 나폴레옹이 어떻게 해서든 풍차를 건설할 것이라고 발표하자 동물들은 다소 놀라지 않을 수 없었다. 나폴레옹은 자기가 마음을 바꾼 데 대해 아무런 설명도 하지 않고, 동물들에게 단지 이 과외의 작업이 매우 힘든 작업일 것이며, 식량 배급량을 줄여야 할 필요가 생길지도 모른다고만 경고할 뿐이었다. 풍차에 대한 설계는 마지막 세부 사항에 이르기까지 모두 준비가 되어 있었다. 돼지들의 특별위원회가 지난 3주일 동안 그것을 연구해 왔다는 것이었다.

풍차의 건설은 다른 여러 부대시설과 함께 2년이 걸릴 것으로 예상되었다.

그날 저녁 스퀴러는 나폴레옹이 정말로 풍차 건설에 반대했던 것은 아니라고 다른 동물들에게 비공식적으로 설명해 주었다. 그와 반대로 처음부터 풍차를 건설하자고 주장했던 것은 나폴레옹이었으며 스노우볼이 인공부화장의 마룻바닥에 그렸던 설계도도 사실 스노우볼이 나폴레옹의 문서에서 훔쳐 간 것으로 풍차는 실제로 나폴레옹이 창조해 낸 것이라고 말했다.

그러자 누군가가 그렇다면 나폴레옹이 왜 그렇게 강경하게 반대했었느냐고 물었다. 여기서 스퀴러는 아주 교활하게, 그것이 바로 나폴레옹 동지의 계략이었다고 말했다. 나폴레옹이 풍차에 반대하는 것처럼 행동한 것은 단지 스노우볼이 위험한

인물로서 나쁜 영향력을 갖고 있었기 때문에 그를 제거하기 위한 작전이었다는 것이다. 스노우볼이 사라진 지금, 그 계획은 그의 방해 없이 진행될 수 있으리라는 것이었다. 스퀴러의 말에 의하면, 이것이 이른바 전략이었다.

스퀴러가 이리저리 걸음을 옮기며 꼬리를 흔들고 즐거운 웃음을 웃으며 몇 차례나 "전략! 동무들, 전략입니다."라고 되풀이했다.

동물들은 그 말이 무슨 뜻인지 알지 못했지만, 스퀴러가 워낙 설득력 있게 말하고 그와 함께 있는 세 마리의 개들이 위협적으로 으르렁거렸기 때문에 더 이상 아무런 질문 없이 그의 설명을 받아들였다.

Animal Farm

6

CHAPTER

그해 내내 동물들은 노예처럼 일을 했다. 그러나 그들은 노동을 하면서도 행복했다. 그들은 자신들이 하고 있는 모든 일들이 자신들과 다음 세대의 혜택을 위해서 하는 일이지, 결코 아무 일도 하지 않고 착취만 하는 인간들을 위한 것이 아님을 알고 있었기 때문에 노력과 희생을 조금도 아끼지 않았다.

봄과 여름에는 일주일에 60시간씩 일을 했다. 8월에는 일요일 오후에도 일을 해야 할 것이라고 나폴레옹이 발표했다. 이 작업은 겉으로는 자발적인 것이었지만, 거기에 빠지는 동물들은 누구든지 식량 배급이 반으로 줄어들 것이었다. 그렇게까지 일을 했는데도 아직 손도 못 댄 일들이 남아 있었다. 수확은 지난해보다 별로 나아진 것이 없었으며, 초여름에 근채류를 심었어야 할 두 밭에는 밭갈이가 늦어졌기 때문에 아직 씨도 뿌리지 못했다. 닥쳐올 겨울이 매우 힘들 것이라는 것은 쉽게 예상할 수 있었다.

풍차 건설은 예기치 못한 난관에 부딪히게 되었다. 농장에는 양질의 석회암 채석장이 있었고, 모래와 시멘트가 창고에 가득히 있는 것을 발견했기 때문에 건축에 필요한 모든 재료는 거의 구한 셈이었다. 그러나 동물들이 맨 처음 직면한 문제는 돌들을 적당한 크기로 잘라 내야 하는 것이었다. 그렇게 하려면 곡괭이와 쇠지렛대를 사용하는 방법 밖에 없었는데, 동물들은 뒷다리로만 서 있을 수는 없었기 때문에 그런 연장들을 사용할 수가 없었던 것이다.

몇 주일이나 이런저런 궁리를 한 끝에 누군가가 좋은 생각을 떠올렸다. 그것은 바로 지구의 중력을 활용하자는 것이었다. 그들이 사용하기에는 너무 큰 돌들이 채석장 밑에 층층이 쌓여 있었다. 동물들은 이 돌덩이를 밧줄로 묶어서 암소, 말, 양 뿐만 아니라 밧줄을 잡을 수 있는 동물들은 모두 동원하여 – 아주 절박할 때에는 돼지까지도 합세하여 – 죽을힘을 다하여 조금씩 조금씩 채석장 꼭대기의 비탈 진 곳까지 바위를 끌어 올려놓고 밑으로 굴러 떨어뜨려 잘게 부수자는 것이었다. 깨진 돌을 운반하는 것은 비교적 간단한 일이었다. 말들은 수레에 실어 나르고 양들은 하나씩 끌어 나르며 뮤리엘과 벤자민 영감 까지도 낡은 이륜마차에 멍에를 매고 제 몫을 했다. 늦여름이 되자 돌은 충분히 모아졌다. 그리하여 돼지들의 감독 아래 공사가 시작되었다.

그러나 그것은 힘들고 시간이 오래 걸리는 일이었다. 단 한 개의 둥근 돌을 죽을힘을 다해 애를 써서 채석장 꼭대기까지 끌어올리는 데도 하루 온종일이 걸렸고, 때로는 돌이 땅에 박히기만 하고 깨지지 않는 경우도 있었다.

복서가 없었다면 아무 일도 할 수 없을 뻔했다. 복서 혼자의 힘이 나머지 동물들의 힘을 모두 합친 것과 비슷해 보일 정도였다. 끌어올리던 돌멩이가 미끄러지기 시작하여 동물들이 언덕 밑으로 끌려가며 절망적으로 아우성칠 때, 밧줄을 버티고 잡아 돌덩이를 세우게 한 것도 언제나 복서였다. 그가 가쁜 숨을 몰아쉬며 말발굽 끝으로 땅을 벅벅 긁으며, 널찍한 옆구리가 온통 땀에 젖은 채 한 걸음 한 걸음 안간힘을 써서 언덕을 올라가는 모습은 누구에게나 감탄을 자아내기에 충분했다.

클로버가 때때로 너무 무리하지 말라고 그에게 충고했지만 복서는 그녀의 말에 전혀 귀를 기울이지 않았다. '내가 좀 더 일하지.'와 '나폴레옹은 항상 옳다.'는 두 개의 좌우명은 모든 문제에 대한 그의 대답으로 충분한 것 같았다. 그는 수탉에게 지금까지 매일 아침 다른 동물보다 30분 일찍 깨우던 것을 45분 일찍 깨워 달라고 부탁했다. 그리고 그동안도 그다지 여가 시간이 많지 않았는데, 그 시간마저 요즘에는 혼자서 채석장으로 가 부서진 돌들을 한 무더기 모아 누구의 도움도 받지 않고 풍차를 세울 자리로 끌고 가곤 했다.

동물들은 그 여름 내내 힘들게 일하기는 했지만, 생활은 그다지 나쁘지 않았다. 존스 씨 시절보다 식량이 더 많지는 않았지만, 적어도 그보다 적어지지는 않았다. 자기네끼리만 먹으며 사치스러운 다섯 명의 인간들을 부양할 필요가 없다는 데서 생기는 위안이 무척 커서 웬만한 실패는 보상하고도 남았다. 그리고 여러 가지 면에서 동물들이 일을 처리하는 방법이 보다 더 능률적이 되었고 노동력도 절약되었다. 예를 들어 잡초를 뽑는 일 같은 것은 인간들로서는 할 수 없을 정도로 철저하게 시행되었다. 게다가 이제는 아무도 도둑질을 하지 않았기 때문에 경작지와 목장 사이에 울타리를 막아 둘 필요가 없었다. 그것은 울타리와 문을 유지하는데 드는 상당량의 노동력을 절감시켜 주었다.

그럼에도 불구하고 여름을 겪으면서 예상치 못했던 여러 가지 결핍 현상들이 나타나기 시작하였다. 파라핀 기름, 못, 끈, 개가 먹는 비스킷, 말발굽의 징 등이 떨어졌는데 그 어느 것도 농장에서 만들어 낼 수 없었던 것이다. 좀 더 시일이 지나자 종자와 인공비료마저 떨어졌으며, 마침내는 갖가지 연장들과 풍차 건립에 사용할 기계도 필요하게 되었다. 그러나 이런 것들을 어떻게 만들어 내야 할지에 대해서는 아무도 생각해 낼 수가 없었다.

어느 일요일 아침, 동물들이 명령을 받으려고 집합했을 때 나폴레옹은 새로운 정책을 결정했다고 발표했다. 이제부터 동물농장이 이웃 농장들과 상거래를 하겠다는 것이었다. 물론 그것은 상업적인 목적 때문이 아니라 시급히 필요한 원자재를 얻기 위해서라고 했다. 그리고 풍차에 필요한 물품들이 다른 모든 것보다 우선해야 한다고 말했다. 따라서 그는 건초더미와 올해에 수확할 밀의 일부를 판매하기로 협상을 벌이고 있으며 그러고도 돈이 더 필요하게 되면 시장이 매일 서는 윌링던에서 달걀을 팔아 그 부족분을 충당하겠다고 말했다. 암탉들의 이러한 희생은 풍차건립을 위한 그들만이 할 수 있는 특별한 공헌으로 알고 감수해야 한다고 나폴레옹은 말했다.

동물들은 다시 한 번 막연한 불안감을 느꼈다. 인간들과는 어떠한 거래도 하지 않겠다는 것, 장사를 하지 않겠다는 것, 화폐를 사용하지 않겠다는 것, 이런 것들이야 말로 존스 씨를 추방한 후에 열린 첫 회합에서 통과된 최초의 결정이 아니었던가. 동물들은 모두 이런 결의가 통과됐던 것을 기억하고 있었다. 아니 최소한 그들은 기억하고 있다고 생각했다. 나폴레옹이 회합을 폐지했을때 항의를 했던 네 마리의 젊은 돼지들이 머뭇거리면서 말을 꺼냈지만, 개들이 무섭게 으르렁거리자 즉시 입을 다물어 버리고 말았다. 그때, 언제나 그래 왔던 것처럼 양들이 '네 다리는 좋고, 두 다리는 나쁘다.'를 떠들어댔고, 순간적으로 어색했던 분위기도 풀렸다.

마침내 나폴레옹이 조용히 하라고 앞다리를 들더니, 그가 이미 모든 결정을 내렸다고 선언했다. 그는 어떤 동물도 인간들과 직접 교제할 필요는 없으며, 그것은 분명히 바람직하지 못한 일이라고 말했다. 그는 그 모든 짐을 자기 어깨에 짊어질 각오를 했다고 말했다. 윌링던에 살고 있는 윔퍼 씨라는 변호사가 이 동물농장과 외부 세계사이의 중개자 역할을 맡아 주기로 했으며, 그리하여 그가 매주 월요일 아침에 그의 지시를 받기 위해 농장을 방문하리라는 것이었다. 늘 그랬듯이 나폴레옹은 '동물농장 만세!'를 외치며 연설을 마쳤고 동

물들은 〈영국의 동물들〉을 부른 뒤에 흩어졌다.

그리고 난 뒤에 스퀴러가 농장을 한 바퀴 돌며 동물들의 마음을 진정시켰다. 그는 장사를 하지 않겠다는 것과 화폐를 사용하지 않겠다는 것에 대한 결정은 통과된 적도, 아니 제안된 적도 없었다고 자신 있게 얘기했다. 그것은 순전히 상상일 뿐이며, 그럴 만한 근거가 있다면 아마 시작은 스노우볼이 퍼뜨린 거짓말에서 기인한 것이라고 말했다. 그래도 몇몇 동물들이 모호하게나마 의심을 품는 기미가 보이자, 스퀴러가 앙칼지게 질문을 퍼부어 댔다.

"그것이 여러분들이 꿈을 꾼 것이 아니라고 확신할 수가 있습니까, 동무들? 여러분들이 그런 것을 결정했다는 기록이 어디에 있습니까? 그게 어디에 쓰여 있지요?"

그런 것들이 기록으로 존재하지 않는 것이 확실했기 때문에 동물들은 자신들이 착각했을 지도 모른다고 생각하게 되었다.

약속대로 월요일마다 윔퍼 씨가 농장을 방문했다. 그는 구레나룻을 기르고 교활하게 생긴 체구가 작은 남자로 하찮은 사건밖에 못 맡는 변호사였지만, 동물농장에 중개인이 필요할 것이며 그 보수도 적지 않을 것이라는 점을 누구보다도 빨리 알아챌 만큼 눈치가 빠른 사람이었다. 동물들은 일종의 두려움 비슷한 감정으로 그가 왔다 가는 것을 지켜보았으며, 가능한 그와 마주치는 것을 피했다. 그럼에도 불구하고 네 다리로 서 있는 나폴레옹이 두 다리로 서 있는 윔퍼 씨에게 명령을 내리는 모습은 그들의 긍지를 살려주었으며, 일부에게는 새로운 협정이 잘된 것이라는 생각까지 갖게 해주었다.

그 즈음 인간들과 그들의 관계는 예전과는 많이 달라졌다. 그렇다고 해서 지금 번창하고 있는 동물농장에 대한 인간들의 증오심이 적어진 것은 아니었다. 오히려 전보다 더 많이 증오했다. 모든 인간들은 그 농장이 조만간 파산될 것이며, 무엇보다도 풍차는 꼭 실패할 것이라는 점을 신조처럼 받아들이고 있었다. 그들은 공회당에 모여 풍차는 무너질 것이며, 설령 건립한다 하더라도 절대로 가동은 하지 못할 것이라고 도표를 그려가며 서로에게 증명해 보이곤 했다. 그러나 그들의 의지와는 반대로, 동물들이 자신의 일들을 운영해 나가는 효율성에 대해서는 어떤 존경심마저 품게 되었다. 그래서 농장의 정식 명칭도 '동물농장'이라고 부르기 시작했고 '메이너 농장'이라고 불러야 한다는 주장 같은 것은 하지 않게 된 것이 그런 징조 중 하나였다.

그들은 또한 자기 농장으로 되돌아가겠다는 희망을 포기하고, 이 지방의 다른 곳으로 이주해 버린 존스 씨를 변호하지 않게 되었다. 윔퍼 씨를 통하지 않고는 동물농장과 외부세계 간의 접촉은 아직 없었지만, 나폴레옹이 폭스우드 농장의 필킹턴 씨나 필치필드 농장의 프레더릭 씨 중 어느 한 쪽과 통상협정을 맺을 것이라는 소문이 꾸준히 나돌고 있었다. 그러나 결코 이 두 사람과 동시에 협정을 맺지는 않을 것이라는 점이 알려졌다.

바로 이 무렵 돼지들은 갑자기 농장집으로 이사해서, 그곳을 거처로 삼았다. 초기에 동물들은 농장집에서 거처하지 않기로 결의했던 사실이 동물들에게 다시 상기되는 듯했다. 그러나 스퀴러가 이번에도 이것은 그런 경우가 아니라고 그들을 확신시킬 수 있었다. 그는 이 농장의 두뇌인 돼지들에게는 그들이 일할 조용한 장소가 절대적으로 필요하다고 설명했다. 또한 지도

자(최근 그는 나폴레옹을 지칭할 때 '지도자'라고 하는 습관이 있었다)의 권위로 보아 보통의 돼지우리보다 이 집에 사는 것이 더 적합하다고 말했다.

그럼에도 불구하고 돼지들이 식당에서 식사하고 응접실을 휴게실로 사용할 뿐만 아니라 침대에서 잠을 잔다는 말을 들었을 때, 몇몇 동물들은 동요하게 되었다. 복서는 전과 마찬가지로 "나폴레옹은 항상 옳다!"는 말로 그냥 지나쳐 버렸지만, 침대를 사용해서는 안 된다는 명확한 규칙을 기억하고 있는 클로버는 창고 끝으로 가서 거기에 적혀 있는 7계명을 생각해내기 위해 애를 썼다. 그녀는 글자를 한자씩 밖에 읽을 수 없다는 것을 깨닫고, 뮤리엘을 데리고 왔다. 클로버가 말했다.

"뮤리엘, 내게 넷째 계명을 읽어 줘요. 침대에서 자서는 안 된다는 이야기가 쓰여 있지 않나요?"

뮤리엘은 약간 힘들게 그것을 읽었다.

"'어떤 동물도 침대에서 요를 덮고 자서는 안 된다'라고 적혀 있군요."

정말 너무나 이상하게도, 클로버는 넷째 계명에 '요'에 대한 언급이 있었다는 것을 기억해 낼 수가 없었다. 그러나 벽에 그렇게 씌어 있으니 그게 사실일 수 밖에 없었다. 그런데 우연히 개 두 마리와 함께 그곳을 지나던 스퀴러가 사태의 전모를 제대로 설명해 주었다. 스퀴러가 말했다.

"동무들도 우리 돼지들이 요즘 농장집의 침대에서 잔다는 말을 들었군요? 그런데 그게 뭐가 잘못된 겁니까? 설마, 여러분들은 결코 '침대'에서 자지 말라는 규칙이 있다고 생각하는 것은 아니겠죠? 침대란 그저 잠자는 곳을 의미할 뿐입니다. 외양간의 널려 있는 짚더미도 정확히 말하면 침대지요. 규칙은 인간의 발명품인 '요'를 덮고 자는 것을 반대한 것이었습니다. 우린 농장집 침대에서 요를 걷어 치우고 담요를 덮고 잔답니다. 그리고 그것 역시 정말 편안한 침대더군요! 그러나 동무들 우리가 요즘 해야 하는 정신노동에 비추어 보면 그 침대도 우리가 필요한 만큼 편하지는 않아요. 여러분들이 우리에게서 휴식을 빼앗지는 않겠지요, 동무들? 당신들은 우리가 너무 피곤해서 의무를 수행하지 못하게 되기를 바라지는 않겠지요? 분명히 여러분 중 어느 누구도 존스 씨가 다시 돌아오기를 바라

지는 않겠지요?"

동물들은 즉각 이 점에 대해서 그를 안심시켰고, 더 이상 돼지들이 농장집 침대에서 자는 것에 대해 아무 말도 하지 않게 되었다. 그리고 그로부터 며칠 후, 이제부터 돼지들은 다른 동물들보다 한 시간 늦게 일어날 것이라고 발표했을 때도 여기에 대해 아무런 불평을 하지 않았다.

가을까지 동물들은 힘들기는 했지만 행복했다. 그들은 고생스러운 한해를 보냈고 건초와 옥수수 일부를 판매한 뒤라 겨울을 대비한 식량이 넉넉하지는 않았지만, 풍차가 모든 것을 보상해 주었다. 풍차는 이제 거의 반 정도가 완성되었다. 수확을 끝낸 뒤에도 연일 맑고 청명한 날씨가 계속되었고, 동물들은 풍차의 벽을 한 자라도 더 높일 수 있다면 하루 종일 돌을 나를 만한 충분한 가치가 있는 것이라고 생각하면서 전보다 더욱 열심히 일을 했다. 심지어 복서는 밤에도 나와서 가을 달빛을 받으면서 혼자서 한두 시간씩 일을 더하곤 했다.

동물들은 틈만 나면 반쯤 끝난 풍차 주위를 빙빙돌면서 벽이 튼튼하게 우뚝 서 있는 모습에 감탄했고, 자기들이 이처럼 엄청난 것을 건설할 수 있었다는 것에 뿌듯함을 느꼈다. 오직 벤자민 영감만이 당나귀들은 오래 사는 동물이라는 예의 그 애매한 말 외에는 아무 말도 하지 않으면서 풍차에 열의를 보이지 않았다.

매서운 남서풍을 몰고 11월이 왔다. 날씨가 너무 습해서 시멘트를 섞을 수 없었기 때문에 건축을 중단해야 했다. 그러던 어느 날 밤, 농장 건물이 밑바닥부터 흔들리고 창고 지붕의 기왓장이 여러 장 날아갈 정도의 매우 심한 강풍이 불어왔다. 암탉들은 꿈결에 멀리서 총 쏘는 듯한 소리를 듣고, 모두가 공포에 휩싸여 잠을 깨고 말았다.

아침이 되어 동물들이 우리에서 나와 보니 게양대가 부러졌고, 과수원 밑에 있는 느릅나무가 무처럼 뿌리째 뽑혀 있었다.

그러나 다음 광경을 보게 된 모든 동물들의 목구멍에서 절망적인 울부짖음이 한꺼번에 터져 나왔다. 무서운 광경이 그들의 눈을 사로잡았다. 풍차가 무너져 버린 것이다. 그들은 일제히 그곳으로 달려갔다. 좀처럼 나와서 걸어 다니지 않던 나폴레옹도 그들 선두에서 뛰었다. 그랬다. 그들 모두의 투쟁의 결실이 송두리째 무너져 버렸으며, 그처럼 애써서 운반해 왔던 돌들이 사방에 흩어진 모습이 거기에 있었다. 동물들은 처음에는 아무 말도 하지 못하고, 무너진 돌무더기를 비통한 표정으로 바라보고만 있었다. 나폴레옹도 아무런 말없이 왔다 갔다 서성대며 이따금 땅에 코를 대고 킁킁거렸다. 그의 꼬리는 빳빳해졌다가 이리저리 경련을 일으키고 있었는데 그것은 무언가를 골똘히 생각하고 있음을 나타내는 표시였다. 갑자기 그는 어떤 결심이라도 한 것처럼 걸음을 멈추었다.

나폴레옹은 조용히 말을 시작했다.

"동무들, 여러분들은 이렇게 된 것이 누구의 책임인지 알겠습니까? 밤중에 침입하여 우리 풍차를 무너뜨린 적이 누군지 알겠습니까? 그건 스노우볼입니다!"

그가 갑자기 벼락치듯 소리쳤다.

"스노우볼이 이런 짓을 했단 말입니다. 순전히 악의를 가지고 우리들의 계획을 방해하고 자신의 치욕적인 추방에 앙갚음을 하기 위해 그 반역자는 어둠을 틈타 여기로 기어 들어와서는 거의 1년여에 걸친 우리의 공사를 파괴해 버린 것입니다. 동무들 나는 지금 이 자리에서 스노우볼에게 사형을 선고합니다. 그를 판결대로 처단한 동물에게는 그가 누구든 '제2급 동물영웅' 훈장을 수여하고, 사과 반 부셸(약 14킬로그램)을 주겠습니다. 그리고 그를 산 채로 잡는 동물에게는 한 부셸(약 28킬로그램)의 사과를 주겠습니다!"

동물들은 스노우볼까지도 이런 죄를 지을 수 있다는 사실을 알고는 말할 수 없는 충격을 받았다. 모두들 분노에 찬 고함이 터졌고, 스노우볼이 돌아온다면 어떻게 잡을 것인가 하는 방법을 깊이 생각하기 시작했다. 이와 때를 같이 해서 언덕에서 조금 떨어진 풀밭에서 돼지의 발자국이 발견되었다. 그 발자국은 몇 야드 밖에 나 있지 않았지만, 울타리 구멍을 향해 찍혀 있었다. 나폴레옹은 그 발자국에 코를 깊이 대고 냄새를 맡아보더니 그게 스노우볼의 발자국이라고 단언했다. 그는 스노우볼이 폭스우드 농장 쪽에서 넘어온 것 같다고 자신의 견해를 밝혔다.

"더 이상 지체하지 맙시다, 동무들!"

그 발자국을 조사한 뒤에 나폴레옹이 외쳤다.

"해야 할 일이 있습니다. 바로 오늘 아침부터 우리는 풍차를 다시 만드는 일에 착수합시다. 그리고 날씨에 상관없이 우리는 겨울 내내 공사를 진행할 겁니다. 우리는 이 비열한 반역자에게 그가 우리 작업을 쉽사리 무너뜨릴 수 없다는 것을 가르쳐 줍시다. 명심합시다. 동무들, 우리 계획에 어떠한 변동도 있을 수 없습니다. 완성되는 그 날까지 추진되어야 합니다. 앞으로 나아갑시다. 동무들! 풍차 만세! 동물농장 만세!"

Animal Farm

7

CHAPTER

　살을 에는 듯한 겨울이었다. 폭풍우가 불던 날씨가 진눈깨비와 눈을 흩뿌리더니 지독한 서리가 내려 2월로 들어서서도 얼어붙었던 땅은 좀처럼 풀리지 않았다. 동물들은 외부 세계가 자신들을 주시하고 있을 뿐만 아니라 만약 예정된 기간 내에 풍차가 완성되지 않으면 질투심에 불타는 인간들이 기뻐 날뛰며 승리감에 도취될 것임을 너무나 잘 알고 있었기 때문에 풍차 재건에 전력을 다하였다.

　앙심을 품은 인간들은 풍차를 파괴한 것이 스노우볼이라

는 사실을 믿으려 들지 않았다. 그들은 벽이 너무 약해서 무너졌다고 말했다. 동물들은 이 말이 사실이 아니라는 것을 잘 알고 있었지만 벽 두께를 전처럼 18인치(46cm)가 아니라 3피트(92cm)로 두껍게 쌓기로 결정했다. 그러나 그것은 그만큼 더 많은 양의 돌을 모아야 한다는 것을 의미했다.

채석장에는 오랫동안 눈이 쌓여 있어서 아무 것도 할 수가 없었다. 뒤이어 계속되는 춥고 메마른 날씨에도 얼마간의 작업 진전이 있었지만 그것은 동물들에게 너무나 가혹한 작업이었고 동물들은 전처럼 이 일에 희망을 가질 수 없었다. 그들은 항상 추웠고 언제나 배가 고팠다. 오직 복서와 클로버만이 기운을 잃지 않았다. 스퀴러가 봉사의 즐거움과 노동의 존엄성에 대해 멋진 연설을 했지만, 다른 동물들은 복서의 힘과 '내가 좀 더 일하지.'하는 변함없는 외침에서 더 큰 격려를 받았다.

1월에는 식량이 부족했다. 옥수수의 배급량은 눈에 띄게 줄어들었고, 그것을 보충하기 위해 감자를 배급해 주겠다는 발표가 있었다. 그러나 흙을 두껍게 덮어 주지 못했기 때문에 수확한 감자의 대부분이 구덩이 속에서 얼어 버렸음이 드러났고, 감자가 흐물흐물해지고 변색되어서 먹을 수 있는 것은 얼마 되지 않았다. 어떤 때는 며칠 동안 동물들이 먹은 것이라고는 왕겨와 근대밖에 없을 때도 있었다. 굶주림이 그들의 코앞으로 다가온 것처럼 보였다.

이런 사실을 외부 세계가 눈치채지 못하게 감추는 것이 절대적으로 필요해졌다. 풍차가 붕괴된 사실에 힘을 얻은 인간들이 동물농장에 대한 새로운 거짓말을 만들기 시작했던 것이다. 모든 동물들이 굶주림과 질병으로 죽어 가고 있으며 끊임없이 자기들끼리 싸우고 서로 잡아먹고 새끼들까지 죽인다는 소문이 다시 한 번 떠돌았다.

나폴레옹은 식량 사정에 대한 진상이 알려지게 될 때에 닥칠 나쁜 결과에 대해서 잘 알고 있었다. 그래서 그는 윔퍼 씨를 이용해서 그와는 반대되는 인상을 만들어 새 소문을 퍼뜨리기로 결정했다. 이제까지 동물들은 매주 찾아오는 윔퍼 씨와 거의 접촉이 없었는데, 이제부터는 대부분 양들로 구성된 몇몇 선발된 동물들이 그가 듣는 앞에서 우연히 나온 것처럼 식량배급이 늘었다고 말하라는 지시를 받았다. 게다가 나폴레옹은 저장창고 안의 빈 상자에 모래를 가득 채우고, 그 위를 남은 곡식과 밀로 덮도록 명령했다. 그들은 적당한 핑계를 대고 윔퍼 씨를 창고로 데려가 상자를 슬쩍 보게 만들었다. 윔퍼 씨는 여기에 속아 넘어가, 동물농장에는 식량이 결코 부족하지 않다는 내용을 외부세계에 계속 알리게 되었다.

그럼에도 불구하고, 1월 말이 되었을 때는 어디서든 곡식을 좀 더 구하지 않으면 안 될 지경에 이르렀다. 이즈음 나폴레옹은 공식석상에 거의 모습을 나타내지 않았고, 하루 종일 사나워 보이는 개들이 문을 지키고 있는 농장집에서 보냈다. 그가 밖으로 나올 때는 매우 의식적인 태도를 하고 있었으며, 누구든 가까이 다가오기만 하면 사납게 으르렁거리는 여섯 마리의 개들이 그의 옆에 바짝 붙어서 경호를 했다. 그는 심지어 일요일 아침에도 거의 모습을 드러내지 않았고, 다른 돼지들을 통해 명령을 전달했는데, 보통 스퀄러가 그 책임을 맡았다.

어느 일요일 아침, 스퀄러는 이제 막 다시 알을 낳기 시작한 암탉들에게 달걀을 바쳐야 한다고 명령했다. 나폴레옹이 윔퍼 씨를 통해 일주일에 400개의 달걀을 팔겠다는 계약을 맺었던 것이다. 그 달걀의 판매 수입으로 여름이 되어 식량 사정이 호전될 때까지 농장을 유지하기 위해 필요한 식량이나 곡물을 사들이는 데 쓰겠다는 것이었다.

암탉들은 이 말을 듣자마자 두려운 비명을 질러댔다. 그들은 일찍이 이 같은 희생이 필요할지도 모른다고 미리 경고를 받기는 했지만, 실제로 이런 일이 일어날 것이라고는 생각지도 못했다. 그들은 봄에 병아리가 태어날 수 있도록 알을 품고 있었기 때문에 지금 달걀을 가져간다는 것은 살생이라고 항의했다.

존스 씨가 추방된 뒤, 처음으로 반란 비슷한 것이 일어났다. 블랙 미노르카종의 어린 암탉 세 마리의 지휘 아래 암탉들은 나폴레옹의 요구를 꺾기 위해 단호한 의지를 보이기로 했다. 그들이 취한 방법은 서까래 위로 날아 올라가서 거기서 알을 낳아 바닥에 떨어뜨려 깨뜨리는 것이었다. 나폴레옹은 신속하고도 냉혹한 조치를 취했다. 그는 암탉들의 식량 배급을 중지하도록 명령하고 어떤 동물이든 암탉에게 옥수수 한 알이라도 주면 사형에 처하겠노라고 공포하였다. 개들은 이 명령이 잘 지켜지는 지 감시했다.

암탉들은 닷새 동안 버티다가 마침내 항복하고, 그들의 둥지로 돌아갔다. 그 동안 아홉 마리의 암탉이 죽었으며, 그들의 시체는 과수원에 매장되었다. 암탉들의 사망 원인은 콕시듐 병으로 발표되었다. 윔퍼 씨는 이 사건에 대해 아무 것도 듣지 못했으며 달걀은 정상적으로 식료잡화상 마차에 실려 일주일에 한 번씩 꼬박꼬박 배달되었다.

그 사이에도 스노우볼의 모습은 어디서도 나타나지 않았다. 단지 그가 근처 농가인 폭스우드나 핀치필드 중 한 곳에 숨어 있다는 소문만 나돌았을 뿐이다. 이 무렵 나폴레옹은 다른 농장주들과의 관계를 전과는 약간 다르게 개선 시켰다.

동물농장의 마당에는 10년 전 너도밤나무 숲을 벌목할 때 쌓아 놓았던 목재더미가 있었는데, 그 재목들은 아주 잘 건조되어 있었다. 윔퍼 씨가 나폴레옹에게 그것을 팔라고 권했다. 필킹턴 씨와 프레데릭 씨 둘 다 그것을 사고 싶어 한다는 것이었다. 나폴레옹은 둘 중 누구에게 팔 것인지 결정하지 못하고 망설이고 있었다. 왜냐하면 나폴레옹이 프레데릭과 계약을 맺으려고 하면 스노우볼이 폭스우드에 숨어 있다는 소문이 들려왔고, 그가 필킹턴 쪽으로 기울어지면 이번에는 스노우볼이 핀치필드에 있다는 말들을 했다.

이른 봄, 갑자기 놀랄 만한 사건이 벌어졌다. 스노우볼이 한밤중에 은밀히 농장을 들락거렸다는 것이었다. 동물들은 너무나 불안한 나머지 도무지 잠을 이룰 수가 없었다. 스노우볼이 매일 밤 어둠을 틈타 기어 들어와 갖가지 악행을 저질렀다는 이야기였다. 그는 곡식을 훔치고 우유 통을 뒤엎었으며 달걀을 깨뜨리고 묘목을 짓밟았으며 과일나무의 껍질을 벗겨 버렸다는 것이었다.

이제 그들은 무엇이든 좋지 않은 일이 생기면 그것이 모두 스노우볼의 짓이라고 생각하게 되었다. 창문이 깨지거나 수챗구멍이 막혀도 틀림없이 밤에 스노우볼이 들어와서 그 짓을 했다고 누군가 말했으며, 창고 열쇠를 잃어버렸을 때도 농장 전체가 스노우볼이 그 열쇠를 우물 속에 던져 버렸다고 믿었다. 정말 기묘하게도 잃었다던 창고 열쇠가 곡식 부대 옆에서 발견되었을 때조차도 동물들은 여전히 스노우볼의 짓이라고 한결 같이 믿었다. 암소들은 모두 자기들이 잠든 사이에 스노우볼이 우리에 들어와서 우유를 짜 갔다고 입을 모아 주장했다. 그 해 겨울 내내 두통거리였던 쥐들마저 스노우볼과 결탁하고 있다는 이야기가 나돌았다.

나폴레옹은 스노우볼의 활동들을 철저히 조사하라고 명령했다. 그가 시중드는 개들과 함께 나타나 농장 건물들을 돌아다니면서 치밀하게 조사하는 동안, 다른 동물들이 멀찍이 떨어져 그를 뒤따랐다. 나폴레옹은 몇 발자국을 옮길 때마다 걸음을 멈추고는 스노우볼의 발자취를 찾아내기 위해서 땅에 코를 대고 킁킁거렸는데, 그는 냄새로 확인할 수 있다는 것이었다. 나폴레옹은 창고와 외양간, 닭장과 채소밭 등 구석구석 냄새를 맡아보았고, 곳곳에서 스노우볼의 흔적을 발견했다. 그는 긴 코를 땅에다 대고 몇 차례 깊이 숨을 들이마시더니 무시무시한 목소리로 외쳤다.

'스노우볼! 그놈이 여기 왔었어! 분명히 냄새가 나!'

그리고 '스노우볼' 이라는 이름이 나올 때마다 개들은 모두

어금니를 드러내 보이면서 소름끼치는 소리로 으르렁거렸다.

동물들은 온통 공포에 휩싸였다. 스노우볼이 마치 자기네들 주위로 은밀히 스며들어 와 온갖 위험으로 협박하는 일종의 보이지 않는 힘처럼 생각되었다.

저녁때 스퀴러는 동물들을 모두 불러 모아놓고, 경악스러운 표정을 지으며 모종의 중대한 소식을 보고하겠다고 말했다.

"동무들."

스퀴러는 약간 신경질적으로 펄쩍거리면서 외쳤다.

"매우 무서운 일이 일어나고 말았습니다. 스노우볼이 우리를 침략하여 우리 농장을 빼앗으려는 핀치필드 농장의 프레데릭 씨에게 자신을 팔아 버린 겁니다! 공격이 개시되면 스노우볼이 프레데릭 씨의 안내자 역할을 한다는 군요. 그런데 이보다 더 나쁜 일이 있습니다. 그동안 우리는 스노우볼의 반역이 단순히 그의 허영과 야심 때문이라고 생각했었지요. 그러나 그건 우리가 잘못 생각한 것이었습니다. 동무들, 진짜 이유가 뭔지 아십니까? 스노우볼은 애초부터 존스 씨와 동맹을 맺고 있었습니다! 스노우볼은 처음부터 존스 씨의 비밀 정보원이었어요. 그가 남기고 간 문서를 우리가 지금 막 발견했는데 그 문서가 이 모든 사실을 증명해 주었습니다. 나로서는 이것이 많은 것을 설명해 주고 있다고 생각합니다, 동무들. 다행히 성공하지는 못했지만 말입니다만 '외양간 전투'에서 스노우볼이 우리를 어떻게 패배시켜 망하게 하려 했는지 우리 스스로가 보지 않았습니까?"

동물들은 망연자실했다. 이 일은 스노우볼이 풍차를 파괴했던 것을 훨씬 능가하는 악행이었다. 그러나 그 사실을 그대로 받아들이는 데는 시간이 조금 필요했다. 그들은 스노우볼이 외양간 전투에서 어떻게 선두에 나서서 싸웠는지, 어떻게 고비마다 그들을 규합하여 고무시켰는지, 존스 씨의 총알이 그의 등에 상처를 입혔을 때에도 조금도 지체하지 않고 용감하게 싸운 그의 모습을 모두 기억하거나 기억한다고 생각했다. 처음에는 이것이 그가 존스 씨 편에 붙었다는 사실과 어떻게 연결되는지 이해하기가 어려웠다. 심지어 그다지 의심이라고는 모르던 복서조차 당황했다. 그는 앞발굽을 꿇고 앉아 눈을 감고서 안간힘을 쓰며 자신의 생각을 정리해 보려고 노력했다. 복서가 말했다.

"믿을 수 없어요. 스노우볼은 '외양간 전투'에서 용감하게 싸웠습니다. 내 두 눈으로 똑똑히 봤어요, 바로 그 직후에 우리들이 '제1급 동물영웅' 훈장을 그에게 주지 않았던 가요?"

"그건 우리의 잘못이었습니다. 동무, 우리는 지금에서야 그가 실제로 우리를 파멸로 이끌려 했다는 것을 알게 된 겁니다. 우리가 찾아낸 비밀문서에 그 모든 게 적혀 있었어요."

"하지만 그는 부상당했습니다. 그가 피를 흘리는 것을 우리 모두가 봤단 말이에요."

복서가 말했다.

"그것도 미리 계획된 것이었습니다."

스퀴러가 울부짖었다.

"존스 씨의 총알은 그저 그를 조금 스치기만 했을 뿐입니다. 당신들이 읽을 수만 있다면 그가 쓴 이 문서를 보여 줄 수 있을 텐데. 그 음모란 위급한 순간에 스노우볼이 도망가라는 신호를 해서 우리들을 적에게 넘겨주도록 하는 것이었습니다. 그리고 그는 거의 성공할 뻔했지요, 동무들, 우리의 영웅

적인 지도자 나폴레옹 동무만 없었더라면 그는 성공했을 겁니다. 여러분들은 존스 씨와 그의 일꾼들이 마당으로 들어오던 바로 그 순간에 스노우볼이 갑자기 돌아서서 줄행랑을 쳤고 많은 동물들이 그 뒤를 따랐던 것을 여러분은 기억하고 있겠죠? 그리고 또, 공포에 휩싸여 정신을 못 차렸던 바로 그 순간에 나폴레옹 동무가 '인간을 죽여라!' 하고 외치며 뛰어나와 존스 씨의 다리를 이빨로 물어 뜯었던 것을 여러분은 모두 기억하고 있겠죠? 여러분은 분명히 그것을 기억하고 있을 겁니다. 그렇죠, 동무들?"

스퀴러는 이리저리 뛰어다니며 소리쳤다.

스퀴러가 그 장면을 그토록 생생하게 묘사하자, 동물들은 그것이 생각나는 것 같았다. 어쨌든 그들은 아주 위급한 전투 순간에 스노우볼이 도망가려고 뒤돌아섰던 것을 기억했다. 그러나 복서는 여전히 미심쩍어 하며 물었다.

"난 스노우볼이 처음부터 반역자였다고는 믿기지 않습니다. 그가 나중에 배반했는지는 몰라요. 하지만 '외양간 전투'에서 그는 훌륭한 동지였다고 생각합니다."

"우리의 지도자 나폴레옹 동무는 스노우볼이 처음부터 존스 씨의 정보원이었다는 것을 정확히 말하자면 봉기가 일어나기 훨씬 전부터 존스 씨의 정보원이었다는 것을 명백히, 동무들, 명백하게 말씀하셨습니다."

스퀴러는 아주 천천히 그리고 단호한 어조로 말했다.

"아하, 그렇다면 다르죠. 나폴레옹 동무가 그렇게 말했다면 그게 맞겠지요." 하고 복서가 말했다.

"그게 올바른 생각입니다, 동무!"

스퀴러가 소리쳤다. 그러나 그는 작은 눈을 반짝거리면서 복서에게 아주 험악한 인상을 지었다. 그는 돌아서서 가려다가 멈추어 서서 인상적으로 말을 덧붙였다.

"나는 이 농장의 모든 동물들에게 눈을 크게 뜨고 있으라고 충고하고 싶습니다. 우리는 스노우볼의 비밀정보원 몇이 이 순간에도 우리 가운데 숨어 있다는 믿을 만한 증거를 갖고 있으니 말입니다!"

그로부터 나흘 뒤, 늦은 오후에 나폴레옹은 모든 동물들에게 마당으로 집합하라고 명령했다. 그들이 모두 집합하자, 나폴레옹이 두 개의 훈장을 달고(그는 최근에 '제1급 동물영웅' 훈장과 '제2급 동물영웅' 훈장을 자기 자신에게 수여했다) 농장집에서 모습을 나타냈다. 그리고 그의 주변으로 아홉 마리의 덩치 큰 개들이 등골이 오싹할 정도로 으르렁거리며 이리저리 뛰어다녔다. 동물들은 무언가 무시무시한 일이 벌어질 것을 눈치채고 있는 것처럼 모두 제자리에서 조용히 웅크리고 앉았다.

나폴레옹은 우뚝 서서 청중들을 훑어보더니 높고 날카로운 소리를 질렀다. 그 즉시 개들이 앞으로 뛰어나와 네 마리의 돼지들의 귀를 물고는 고통과 공포에 젖어 비명을 지르는 그들을 나폴레옹 앞으로 끌고 갔다. 돼지들의 귀에서는 피가 흐르고 있었다.

피 맛을 본 개들은 한동안 아주 미친 듯이 날뛰었다. 더구나 그 개들 중 세 마리가 복서에게 덤벼들기까지 해서 모두를 깜짝 놀라게 했다. 복서는 그들이 덤비는 것을 보자 커다란 발굽을 들어 공중으로 뛰어드는 개 한 마리를 잡아채어 땅바닥에 짓눌렀다. 그 개는 살려 달라고 외마디 비명을 질렀고, 다른 두 마리는 꼬리를 다리 사이로 감추고 도망쳤다. 복서는 이 개를

힘주어 밟아 죽일 것인지 아니면 살려 둘 것인지를 묻기 위해 나폴레옹을 쳐다보았다. 나폴레옹은 표정을 바꾸더니 복서에게 개를 놓아주라고 날카롭게 명령했고, 그 명령에 따라 복서는 다리를 들어올렸다. 개는 피를 흘리며 낑낑대면서 슬금슬금 사라져 버렸다.

이윽고 소란이 가라앉았다. 네 마리의 돼지는 부들부들 떨면서 기다리고 있었는데 그들의 표정 하나하나마다 유죄라고 쓰여 있는 듯했다. 나폴레옹은 그들에게 자신들의 죄를 자백하라고 명령했다. 그들은 나폴레옹이 일요 회합을 폐지했을 때 항의했던 바로 그 네 마리의 돼지였다. 그들은 스노우볼이 추방당한 이래로 은밀히 그와 접촉해 왔으며 그와 공모해서 풍차를 파괴했고, 동물농장을 프레데릭 씨에게 넘겨주기로 그와 약속을 했다는 자백을 했다. 그들은 스노우볼이 지난 몇 년 동안 존스 씨의 비밀정보원이었다는 것을 슬며시 인정했다.

그들이 자백을 마치자 개들이 잽싸게 그들의 목을 물어 뜯었고, 나폴레옹은 무시무시한 목소리로 다른 동물들에게 더 자백할 것이 없느냐고 다그쳤다.

그러자 달걀 문제로 반란을 시도했던 세 마리의 암탉이 나폴레옹 앞으로 나와 스노우볼이 꿈속에 나타나 나폴레옹의 명령에 복종하지 말라고 선동했다고 진술했다. 그들 역시 학살당했다. 그 다음 거위 한 마리가 앞으로 나와, 지난해 수확기에 옥수수 여섯 알을 숨겨 두었다가 밤에 몰래 먹었다고 자백했다. 그 다음 양 한 마리가 나와 마시는 우물에 오줌을 누었다고 (그녀는 스노우볼이 이 짓을 선동했다고 말했다) 자백했다.

그러자 다른 두 마리의 양은 나폴레옹의 충실한 추종자였던 늙은 숫양 한 마리가 감기에 걸려 고생할 때, 모닥불 주위를 빙빙 돌며 그를 죽게 만들었다고 자백했다. 그들은 모두 즉석에서 처형되었다.

마침내 나폴레옹의 발밑에는 시체더미가 쌓였으며, 공기가 피비린내로 가득할 때까지 자백과 처형이 계속되었다. 존스 씨가 추방된 이래로 맡아보지 못했던 피비린내였다.

이 모든 것이 끝나자, 돼지와 개들을 제외한 나머지 동물들은 모두 한 덩어리가 되어 슬슬 물러갔다. 그들은 침통하고 비참했다. 그들은 스노우볼과 공모했던 동물들의 반역이 더 충격적인지 방금 그들이 목격한 잔인한 보복이 더 충격적인지 알지 못했다.

옛날에도 이에 못지않은 무시무시한 유혈 장면들이 이따금씩 벌어졌지만, 지금 그들에게는 자신들 사이에서 일어난 이번 일이 훨씬 더 끔찍하게 여겨졌다. 존스 씨가 농장에서 쫓겨난 이래 오늘날까지 어떤 동물이든 간에 다른 동물을 죽여 본 적이 없었다. 심지어는 쥐 한 마리도 죽인 적이 없었다.

올라가서, 서로의 온기를 찾아 한데 모이듯 서로에게 몸을 의지하였다. 나폴레옹이 동물들에게 집합하라고 명령하기 직전 사라진 고양이를 제외하고 클로버, 뮤리엘, 벤자민 영감, 암소들, 양들 그리고 거위들과 암탉들 모두가 함께 둘러앉았다. 오직 복서만이 혼자 서 있었다. 그는 가만히 있지 못하고 왔다 갔다 하며 기다란 검은 꼬리로 옆구리를 치면서 가끔 놀랍다는 듯이 작은 한숨을 내쉬었다. 마침내 그가 말문을 열었다.

"이해가 안 가요. 이런 일이 우리 농장에서 일어날 수 있으리라고는 상상조차 못했어요. 뭔가가 잘못되었어요. 내 생각에 해결책이란 열심히 일하는 것뿐인 것 같아요. 이제부터 나는

아침에 한 시간 일찍 일어나도록 하겠어요.”

그러더니 그는 뚜벅뚜벅 무겁지만 빠른 걸음으로 채석장을 향했다. 그곳에 이르러 돌무더기를 두 차례 분이나 계속 모으더니 밤이 되어 떠나기 전까지 풍차 있는 데로 끌고 갔다.

동물들은 아무 말 없이 클로버 주위에 모여 앉았다. 그들이 앉아 있는 언덕에서는 그 마을을 넓게 바라볼 수 있었다. 동물농장의 대부분이 한길로 뻗어 있는 긴 목장이며 목초밭, 덤불, 마시는 우물, 어린 밀이 초록빛으로 자란 밭, 그리고 굴뚝에서 무럭무럭 연기가 오르는 농장 건물의 붉은 지붕들이 한눈에 들어왔다. 맑은 봄날의 저녁이었다. 풀과 부서진 울타리가 저녁 햇살을 받아 황금빛으로 빛나고 있었다. 이 농장이 동물들에게 일찍이 이렇게 이상적인 곳으로 보인 적이 없었다. 그리고 그것이 그들 자신의 농장이며 한 뼘의 땅까지 모두가 자기들의 소유라는 것을 생각하자, 일종의 경외감 비슷한 것이 일었다.

언덕 아래를 내려다보는 클로버의 두 눈에 눈물이 가득 고였다. 만약 그녀가 자신의 생각을 말할 수 있다면, 수년 전 그들이 인간을 전복하기 위해 일하기 시작했을 때 목표했던 것은 결코 지금의 이런 모습이 아니었다고 말했을 것이다. 이 같은 공포와 학살 장면은 메이저 영감이 처음 그들에게 봉기하라고 선동하던 날 밤에는 전혀 생각지도 못했던 일이었다. 그녀나름의 미래에 대한 꿈이 있었다면 그것은 모든 동물들이 굶주림과 채찍질에서 해방되어 모두가 평등하며, 각자 자기 능력에 맞게 일을 하는 것이었다. 그것은 마치 메이저 영감의 연설이 있던 날 밤, 오리새끼들을 자신이 앞다리로 감싸 보호해 주었던 것처럼 강자가 약자를 보호해 주는 그런 동물사회의 모습이었다. 그런데 이와는 반대로-왜 그렇게 됐는지는 알 수 없지만-아무도 자신의 속마음을 이야기하지 못하며, 사납게 으르렁거리는 개들이 사방을 휩쓸고 다니고, 충격적인 범행을 자백한 후 갈기갈기 찢겨 죽는 동물들의 참상을 목격해야 하는 그런 시기가 온 것이다.

그녀의 마음속에는 반란이라든가 불복종이라는 말은 있을 수 없었다. 비록 사태가 이렇게 되었을망정 존스 씨 시절보다는 지내기가 훨씬 좋아졌으며, 다른 무엇보다 인간이 되돌아오는 것을 막을 필요가 있다는 점을 그녀는 실감하고 있었다. 어떤 일이 일어났던 그녀는 여전히 성실하게 부지런히 일할 것이고 자신에게 떨어진 명령을 수행하고 나폴레옹의 통치권을 받아들일 것이다. 그렇지만 그녀와 다른 모든 동물들이 소망하여 애써온 것이 결코 이런 것을 위해서는 아니었다. 그들이 풍차를 건설한 것도 존스 씨의 총알과 맞서 싸웠던 것도 진정 이런 것을 위해서가 아니었다. 말로 표현하기에는 부족했지만 그녀의 생각은 이러했다.

마침내 클로버는 말로 표현할 수 없는 대신에 그 같은 감정을 달리 나타내려는 듯 〈영국의 동물들〉을 부르기 시작했다. 그녀 주위에 앉아 있던 동물들이 그 노래를 따라 불렀다. 그들은 훌륭한 가락으로 그러나 슬픔에 젖어 전에 없이 느릿느릿하게 그 노래를 세 차례나 불러댔다.

그들이 막 세 번째 노래를 마쳤을때 스퀼러가 개 두 마리를 데리고 무언가 중요한 할 말이 있다는 표정으로 그들에게 다가왔다. 그는 나폴레옹 동무의 특별 지시에 따라 〈영국의 동물들〉이 폐지되었다고 발표했다. 이제부터는 그 노래를 부를 수 없다는 것이었다.

동물들은 깜짝 놀랐다.

"왜 그러죠?"

뮤리엘이 물었다.

"그건 이제 더 이상 필요가 없소, 동무." 하고 스퀴러가 냉정하게 말했다.

"〈영국의 동물들〉은 봉기의 노랩니다. 그러나 이제 봉기는 끝났어요. 오늘 오후에 있었던 반역자들의 처형이 그 마지막 행동이었지요. 외부의 적과 내부의 적 모두 패배하고 말았습니다. 〈영국의 동물들〉에서 우리는 다가올 미래에 이루어질 보다 나은 사회에 대한 동경을 표현했습니다. 그러나 이제는 그 사회가 건설되었으니 이제 그 노래는 더 이상 아무런 의미가 없습니다."

비록 그들은 두려웠지만 그 중 몇몇 동물들은 도저히 항의하지 않을 수 없는 모양이었다. 그러나 그 순간 양들이 예의 '네 다리는 좋고 두 다리는 나쁘다!'를 합창하기 시작했는데, 그게 몇 분이나 계속되어 토론을 막아 버렸다. 그래서 〈영국의 동물들〉은 더 이상 들리지 않게 되었다.

　그 대신 시를 쓰는 미니머스가 다른 노래를 작곡했는데, 그 서두는 '동물농장, 동물농장, 나를 따르면 그대들을 지켜주리라!'로 시작되었다. 이 노래는 매주 일요일 아침, 기를 게양한 뒤 제창되었다. 그러나 동물들에게는 그 가사나 곡조가 아무래도 〈영국의 동물들〉과는 비교도 안될 만큼 미흡한 것 같았다.

Animal Farm

8
CHAPTER

며칠이 지난 후, 처형으로 일었던 공포가 가라앉았을 때, 몇몇 동물들이 제6계명 '어떤 동물도 다른 동물을 죽여서는 안 된다'를 기억해 냈다. – 아니, 기억하고 있다고 생각했다. 그리하여 아무도 돼지나 개들이 듣는 데서 그 말을 꺼내지는 못했지만 앞서 행해진 살해 사건들이 이 계명을 어긴 것이라고 생각하게 되었다. 클로버는 벤자민 영감에게 제6계명을 읽어 달라고 부탁했지만, 벤자민 영감은 늘 그렇듯이 이런 일에는 끼어들지 않으려고 했기 때문에 그녀는 뮤리엘을 데리고 갔다.

뮤리엘은 클로버에게 그 계명을 읽어 주었다. 그것은 다음과 같았다.

'어떤 동물도 이유 없이 다른 동물을 죽여서는 안된다!'

어떻게 된 일인지 '이유 없이'라는 단어가 동물들의 기억에서 사라졌던 것이다. 그러므로 그들은 그 계명을 위반한 것이 아니라는 것을 깨닫게 되었다. 스노우볼과 결탁했던 반역자들을 죽일 만한 정당한 이유가 분명히 있었기 때문이다.

그해 내내 동물들은 지난해보다 더욱 열심히 일을 했다. 농장의 정규 노동을 하면서 예정된 날짜에 맞추어 전에 시도했던 것보다 벽이 두 배나 두꺼워진 풍차를 건설하여 완공시킨다는 것은 엄청나게 힘든 일이었다. 그들에게는 존스 씨 시절보다 더 많은 시간을 일하면서도 먹을 것이라고는 조금도 나아진 것이 없는 것 같은 시절이 온 것이다.

일요일 아침이면 스퀴러는 긴 종이쪽지를 앞발로 들고 각종 식량 생산이 경우에 따라 200 퍼센트나 300 퍼센트, 혹은 500 퍼센트 증가했다는 것을 입증해 주는 통계표들을 그들에게 낭독해 주었다. 동물들은 봉기 전의 상태가 어떠했는지 정확히 기억할 수 없었기 때문에 스퀴러의 말을 믿지 않을 이유가 없었다. 그럼에도 불구하고 그들은 숫자상으로는 줄어들어도 좋으니 식량이나 많아졌으면 하고 바라는 날들이 생겨났다.

모든 명령은 이제 스퀴러나 다른 돼지들 중 한 마리를 통해 발표되었다. 나폴레옹은 2주일에 한 번쯤 나타날까 말까 했다. 그가 나타날 때는 수행원격인 개뿐만 아니라 검은 수평아리를 데리고 다녔다. 그 병아리는 나폴레옹 앞에서 행진했고 그가 연설하기 전에 큰 소리로 '꼬꼬데 꼬 꼬'하고 울어대며 일종의 나팔수 노릇을 했다. 심지어 농장집에서 조차 나폴레옹은 다른 동물들과 다른 방에서 거처한다는 이야기가 돌았다. 그는 두 마리의 개가 옆에서 지키는 가운데 혼자서 식사를 하며, 응접실 유리 찬장의 크라운 더비제 만찬용 식기를 항상 사용한다는 것이었다.

또한 다른 두 기념일과 마찬가지로 매년 나폴레옹의 생일에도 축포를 쏘겠다는 발표도 있었다.

나폴레옹은 이제 그냥 '나폴레옹'으로만 불리지 않았다. 그는 언제나 공식적으로 '우리의 지도자 나폴레옹 동무'라고 불렸으며, 돼지들은 그를 위해서 '모든 동물들의 아버지', '인류의 공포', '양떼들의 수호자', '새끼오리의 친구' 등과 같은 명칭을 만들어 붙이기를 좋아했다. 스퀼러의 연설은 나폴레옹의 지혜와 그의 따뜻한 마음씨, 특히 다른 농장에서 아직도 노예처럼 살고 있는 불행한 동물들에 대해 품고 있는 그의 깊은 사랑에 이르러서는 두 뺨에 눈물을 줄줄 흘리기까지 했다.

성공적인 모든 업적과 행운들은 나폴레옹의 공로로 돌려지는 게 보통이 되어 버렸다. 그래서 암탉 한 마리가 다른 암탉에게 다음과 같이 말하는 것을 흔히 들을 수 있었다.

"우리의 지도자 나폴레옹 동무의 지도로 나는 엿새 동안 다섯 개의 달걀을 낳았어."

또는 두 마리의 암소가 샘에서 물을 마시며 이렇게 지껄이기도 했다.

"나폴레옹 동무의 지도력에 감사해야지. 이 물이 이처럼 맛있으니 말이야!"

전반적인 농장의 분위기는 미니머스가 작곡한 〈나폴레옹 동무〉라는 시에 잘 표현되어 있었는데, 그 시는 다음과 같았다.

아버지 없는 자의 친구여!

행복의 샘이여!

여물통의 주인이여! 오 나의 영혼은

그대의 조용하고 위엄있는 눈을

바라볼 때마다 불타오르네

하늘의 태양같은

나폴레옹 동무여!

그대 모든 동물들이 사랑하는

그 모든 것을 주는 자여

하루 두 번 배불리고 깨끗한 밀짚을 베개로 삼게 하니

크고 작은 모든 동물들은

그들 우리 속에 평화로이 잠잔다

그대 모든 것을 보살펴 주시니

나폴레옹 동무여!

내 젖먹이 돼지를 낳으면

큰 병이나 밀방망이만큼

커다랗게 자라기 전에

그대에게 충성스럽고

진실되어야 할 것을 배우게 하겠나니

그렇다, 그가 외치는 첫소리는

나폴레옹 동무여!

나폴레옹은 이 시가 마음에 들어서 7계명 맞은편 끝, 큰 창고 벽에 써 놓도록 했다. 이 시 위에는 스퀴러가 흰 페인트로 그린 나폴레옹의 초상화가 걸려 있었다.

이러는 동안 윔퍼 씨의 주선으로 나폴레옹은 프레데릭 씨와 필킹턴 씨를 상대로 복잡한 교섭을 벌이고 있었다. 재목더미는 아직 팔리지 않고 있었다. 두 사람 중 프레데릭 씨가 재목을 사기 위해 더 열심이긴 했지만 합당한 가격을 지불하려 들지는 않았다. 그와 동시에 프레데릭 씨와 그의 하인들이 동물농장에 침입하여 풍차를 부술 음모를 꾸미고 있다는 새로운 소문이 떠돌았다. 풍차 건물이 그들에게 질투와 분노를 일으켰던 것이다.

스노우볼은 여전히 핀치필드 농장에서 숨어살고 있는 것으로 알려졌다. 한여름에 동물들은 암탉 세 마리가 앞으로 나와 스노우볼의 선동으로 나폴레옹을 살해할 음모에 가담했다고 자백하는 소리를 듣고 깜짝 놀랐다. 그들은 곧 처형되었으며, 나폴레옹의 안전을 위한 새로운 예방책이 취해졌다.

네 마리의 개가 매일 밤 나폴레옹의 침대 모서리를 지켰고, 나폴레옹의 음식에 독이 들어 있을지 몰라 그가 그것을 먹기 전에 핑크아이라는 젊은 돼지가 미리 음식을 맛보았다.

바로 그 즈음에 나폴레옹이 재목더미를 필킹턴 씨에게 팔기로 약속했다는 소문이 떠돌았다. 또한 나폴레옹은 동물농장과 폭스우드 농장 사이에서 일정 생산품을 교환하자는 계약을 정식으로 체결하려고 하고 있었다. 비록 윔퍼 씨를 통해서만 이루어지기는 했지만, 나폴레옹과 필킹턴 씨 사이의 관계는 이제는 거의 우호적으로 발전하였다. 동물들은 필킹턴 씨를 인간이라는 이유로 불신하고 있었지만, 그들이 두려워하고 미워하는 프레데릭 씨보다는 그를 좋아했다.

여름이 지나가고 풍차가 거의 완성될 즈음 반역자들의 공격이 임박해졌다는 소문이 한층 더 거세졌다. 프레데릭 씨가 총으로 무장한 20명의 남자들을 이끌고 와 그들을 공격할 계획이며, 동물농장의 부동산 권리증서만 손에 넣는다면 아무런 문제를 삼지 않도록 벌써 군수와 경찰을 매수했다는 이야기도 있었다. 더욱이 프레데릭 씨가 자기 동물들에게 자행한 가혹한 행위에 대한 무서운 이야기가 핀치필드 농장에서 흘러나왔다. 그는 늙은 말을 채찍으로 때려 죽였고, 암소를 굶겨 죽였으며, 개를 아궁이에 던져 살해했을 뿐 아니라 저녁이면 발톱에 면도날 조각을 붙인 수탉들에게 싸움을 시키는 것을 즐기고 있다는 것이었다.

동물들은 자신들의 친구에게 가해지는 이런 잔혹한 행위에 대한 이야기를 듣자 격분했으며, 때로는 힘을 합해서 핀치필드 농장을 공격하여 인간을 추방하고 동물들을 자유롭게 해주자고 아우성을 쳤다. 그러나 스퀴러는 경솔한 행동은 피하고 나폴레옹 동무의 전략을 믿으라고 그들에게 충고했다. 그럼에도 불구하고 프레데릭 씨에 대한 반감은 더욱 고조되어 갔다.

어느 일요일 아침 나폴레옹은 창고에 나타나, 프레데릭 씨에게 재목더미를 팔겠다고 생각한 적은 한 번도 없었다고 해명했다. 그 따위 악당들과 거래를 갖는다는 것은 자기 체면을 손상시키는짓으로 생각한다고 말했다. 봉기 소식을 퍼뜨리기 위해서 여태껏 외부로 파견하던 비둘기들은 폭스우드 농장에는 아예 발을 들여 놓지 말라는 명령이 내려졌다. 그리고 전의 '타도 인간!'이라는 슬로건 대신에 '타도 프레데릭!'으로 바꾸라는 명령을 내렸다.

늦여름에 스노우볼의 또 다른 음모가 드러났다. 밀밭에 무성히 자란 잡초는 스노우볼이 밤에 몰래 숨어 들어와 옥수수씨와 함께 잡초씨를 섞어 놓았기 때문으로 밝혀졌다. 이 음모에 내통했던 수거위 한 마리가 스퀘러에게 자기 죄를 자백한 후 유독 식물인 벨라도나(가짓과의 유독 식물)를 먹고 자살했다.

동물들은 이제 스노우볼이 '제1급 동물영웅' 훈장을 받은 사실이 없다는 사실을 알게 되었다(많은 동물들은 지금까지 그렇게 믿어 왔었다). 그것은 '외양간 전투' 후에 스노우볼 자신이 퍼뜨렸던 전설일 뿐이었다. 그는 훈장을 받기는 커녕 전투에서 비겁한 행동을 했기 때문에 문책을 받았다는 것이었다. 몇몇 동물들은 이 말을 듣고 다시 한 번 당황한 것이 분명했으나 스퀘러가 곧 그들의 기억이 틀렸다는 것을 납득시켜 주었다.

가을이 되어 모든 노력을 기울인 끝에 - 거의 같은 시기에 추수도 해야만 했기 때문에 - 풍차가 완성되었다. 앞으로 기계를 설치해야 할 일만 남았다. 윔퍼 씨가 기계 구입에 관한 교섭을 하고 있는 중이었지만, 건물 건축은 완성되었다. 경험도 없이 원시적인 도구를 사용하고, 게다가 불운과 스노우볼의 배신이

겹쳤음에도 불구하고 이 작업은 예정된 바로 그날 정확히 끝냈던 것이다.

동물들은 피로에 지쳐 있었지만 자랑스러운 마음으로 자신들의 걸작 주위를 빙빙 돌았다. 그들의 눈에는 그것이 자신들이 처음 지었던 것보다 훨씬 아름답게 보였다.

더구나 그 벽은 지난번 것보다 두 배나 두꺼운 것이었다. 이제 폭약이 아닌 이상 그 어떤 것으로도 풍차를 무너뜨릴 수 없을 것이다! 그들이 얼마나 많은 수고를 했으며 어떻게 그 좌절들을 극복했던가. 하지만 풍차의 날개가 돌아 발전기가 가동되면 얼마나 큰 변화가 일어날 것인가. 그들은 이 모든 것을 생각하자 피로가 말끔히 사라졌다. 그래서 그들은 승리의 함성을 지르며 풍차 주위를 빙빙 돌았다. 나폴레옹 자신도 그의 개들과 젊은 수탉을 데리고 완성된 공사를 시찰하기 위해 직접 내려왔다. 그는 개인적으로 동물들의 노고를 치하한 뒤 이 풍차를 '나폴레옹 풍차' 라고 명명한다고 발표했다.

이틀 후, 동물들은 창고에서 특별 회합이 있으니 모두 모이라는 지시를 받았다. 나폴레옹이 재목더미를 프레데릭 씨에게 팔았다는 발표를 하자 동물들은 입을 다물지 못할 정도로 깜짝 놀랐다. 내일 프레데릭 씨의 마차가 와서 재목을 실어 간다는 것이었다. 나폴레옹은 표면상으로는 필킹턴 씨와 우호적인 관계를 유지하면서, 실제로 프레데릭 씨와 비밀협상을 벌이고 있었던 것이다.

폭스우드 농장과의 모든 관계는 중단되었고, 굴욕적인 서신이 필킹턴 씨에게 전달되었다. 비둘기들은 폭스우드 농장을 피했으며, 그들의 슬로건도 '타도 프레데릭!'에서 '타도 필킹턴!'으로 바꾸라는 명령을 받았다.

이와 동시에 나폴레옹은 동물농장에 대한 공격이 임박 했다던 소문은 전혀 사실이 아니며 프레데릭 씨가 자기 동물들에게 잔혹한 행위를 한다는 이야기도 상당히 과장 된 것이라고 설득했다. 아마 이와 같은 모든 소문들은 스노우볼과 그의 동조자들이 만들어 냈으리라는 것이었다. 어쨌든 이제 스노우볼이 필치필드 농장에 숨어 있지 않다는 사실이 밝혀졌으며, 사실은 지금까지도 그는 전혀 그곳에 숨어 있지 않았었다는 것이 밝혀졌다. 스노우볼은 폭스우드에서 - 들리는 말로는 비교적 사치스러운 생활을 하며 – 살고 있는데 실제 지난 수년 동안 필킹턴 씨의 심부름꾼으로 지내 왔다는 것이었다.

돼지들은 나폴레옹의 노련함에 넋을 잃고 있었다. 나폴레옹은 필킹턴 씨와 친한 척해 보이면서 프레데릭 씨에게 12파운드나 값을 올려 재목을 팔았던 것이다.

그러나 스퀴러의 말에 의하면 나폴레옹의 탁월한 지략은 그가 아무도 – 심지어는 프레데릭 씨조차도 – 신뢰하지 않는다는 사실에서 잘 나타나 있다는 것이었다. 프레데릭 씨는 종잇조각에 지불을 약속한다고 끄적거린 소위 수표라는 것으로 재목 값을 지불하고 싶어 했다. 그러나 나폴레옹은 그보다 현명했기 때문에 재목을 실어가기 전에 5파운드짜리 지폐로 지불해줄 것을 요구했다. 그래서 프레데릭 씨는 이미 지불을 끝냈으며 그가 지불한 총액은 풍차의 기계를 구입하기에 충분했다.

그 동안 재목은 신속히 실려 나갔다. 그 일이 모두 끝나자, 프레데릭 씨의 지폐를 동물들이 구경할 수 있도록 또 한번의 특별회합을 창고에서 열었다. 나폴레옹은 매우 흐뭇한 미소를 지으며 두 개의 훈장을 달고 연단 위에 밀짚 침대에 자리를 잡고 앉았으며 돈은 그의 옆에 농장집 부엌에서 가져온 도자기 접시 위에 깨끗이 쌓여 있었다. 동물들은 한 줄로 늘어서서 천천히 그 옆을 지나며 실컷 구경을 했다. 복서는 돈에 코를 갖다 대고 킁킁거리며 지폐 냄새를 맡았기에 그의 숨결에 따라 얄팍한 흰 종이들이 살랑살랑 나풀거리고 있었다.

이로부터 사흘 후, 무서운 소동이 벌어졌다. 윔퍼 씨가 얼굴이 사색이 되어 자전거를 타고 셋길로 달려와서는 자전거를 마당에 내동댕이 치고는 곧장 농장집으로 뛰어 들어갔다.

다음 순간, 숨 막힐 듯한 분노의 고함소리가 나폴레옹의 방에서 터져 나왔다.

이 사건의 소식은 삽시간에 온 농장으로 퍼져 나갔다.

그 지폐가 위조지폐라니! 프레데릭 씨가 공짜로 재목을 가져간 것이었다!

나폴레옹은 즉시 동물들을 소집하여 무서운 목소리로 프레데릭 씨에게 사형선고를 내렸다. 프레데릭 씨가 체포되면 산 채로 끓는 물에 던져 죽이겠다고 그는 말했다. 동시에 그는 이런 배신행위 뒤에 올 최악의 사태를 예상해야 한다고 동물들에게 경고했다. 프레더릭 씨와 그의 일꾼들이 언젠가는 장기전으로 예상되는 공격을 해 올지도 모를 일이었다.

농장으로 통하는 모든 길에 보초가 세워졌다. 그리고 비둘기들이 필킹턴 씨와의 우호관계의 회복을 희망하는 화해의 서신을 가지고 폭스우드 농장으로 속속 파견되었다.

바로 이튿날 아침 공격이 개시되었다. 동물들이 아침 식사를 하고 있는데 파수꾼이 뛰어 들어와 프레더릭 씨와 그의 추종자들이 벌써 다섯 개의 빗장이 달린 문을 통과했다고 보고했다. 동물들은 아주 용감하게 출격하여 그들을 상대했지만 이번에는 '외양간 전투'에서처럼 쉽사리 승리를 거두지 못했다.

적은 열다섯 명의 남자들로 반 정도가 총을 가지고 있었으며 이들은 동물들과의 거리가 50야드 이내에 이르자 사격을 개시했다. 동물들은 무시무시한 폭음과 계속 날아오는 총알을 감당해 낼 수가 없었다. 그래서 나폴레옹과 복서가 동물들을 규합하려고 노력했음에도 불구하고, 그들은 곧 쫓겨 도망가게 되었다. 그들 중 상당수가 이미 부상을 당했다.

그들은 농장 건물로 피신하여 벽 틈이나 마디 구멍으로 조심스럽게 밖을 내다보았다. 풍차를 포함한 커다란 목장 전체가 적의 수중에 들어가 있었다.

한동안 나폴레옹조차 어쩔 줄 모르는 표정이었다. 그는 한마디 말도 없이 뻣뻣한 꼬리를 꼬면서 이리저리 왔다갔다 했다. 그러다가 가끔 생각에 잠긴 시선을 폭스우드 농장 쪽으로 보냈다. 만일 필킹턴 씨와 그의 하인들이 그들을 도와준다면 그 전투를 승리로 이끌 것 같았다. 그 순간 전날 파견을 보냈던 네 마리의 비둘기들이 돌아왔다. 그 중 한 마리가 필킹턴 씨가 보낸 종이쪽지를 갖고 있었다. 거기에는 연필로 이렇게 적혀 있었다.

'그렇게 당해도 싸다.'

그러는 사이에 프레데릭 씨와 그의 부하들은 풍차 근처에서 멈추었다. 동물들은 그들을 지켜보면서 절망의 신음 소리를 내쉬었다. 그들 중 두 사람이 쇠지렛대와 큰 망치를 내놓았다. 그들은 풍차를 두들겨 부술 모양이었다.

"안 될걸."

나폴레옹이 외쳤다.

"우리가 저런 일에 대비해서 벽을 두껍게 만들었단 말이야. 일주일이 걸려도 그걸 부술 수는 없어. 용기를 냅시다, 동무들."

그러나 벤자민 영감은 계속해서 남자들의 움직임을 주시하고 있었다. 망치와 쇠지렛대를 가진 사람이 풍차 밑동 가까이에 구멍을 뚫고 있었다. 벤자민 영감은 천천히, 그리고 재미있다는 듯한 표정까지 보이며 그의 긴 콧등을 끄덕거리고 있었다. 벤자민 영감이 말했다.

"그리리라고 생각했어. 저들이 뭘하고 있는지 모르겠소? 조금 있으면 저들은 저 구멍에 폭약을 넣을 거야."

두려움에 떨며 동물들은 기다렸다. 이제 와서 숨어 있는 건물에서 뛰어나간다는 것은 불가능했다. 몇 분 후 사람들이 사방으로 뛰어가는 것이 보였다 그 때 귀청이 터질 것 같은 폭음이 들렸다. 비둘기들은 하늘로 훌쩍 날아 올랐으며, 나폴레옹을 제외한 모든 동물들은 납작하게 배를 깔고 엎드려 얼굴을 묻었다. 그들이 다시 고개를 들었을 때, 풍차가 서 있던 자리에서 시커먼 연기가 커다란 구름처럼 뭉게뭉게 일고 있었다. 연기는 미풍에 슬슬 흩어졌다. 풍차가 없어져 버렸다!

이 광경을 보자, 동물들은 용기를 되찾았다. 그들이 조금 전까지 느꼈던 두려움과 절망은 이 비열하고 치사한 행위에 대한 분노 앞에서 사라져 버렸다. 힘찬 복수의 함성을 올리며 더 이상 명령을 기다릴 것 없이 그들은 한 몸이 되어 적을 향해 곧바로 돌진해갔다. 이번에는 빗발치는 잔인한 총알에도 신경 쓰지 않았다.

참혹하고도 격렬한 전투였다. 사람들은 계속해서 총을 쏘아 댔으며, 동물들이 그들과 맞닿을 만큼 가까이 다가오자 몽둥이와 묵직한 구둣발로 마구 차기 시작했다. 암소 한 마리와 양 세 마리, 거위 두 마리가 죽었고, 거의 모두가 부상을 당했다. 후방에서 전투를 지휘하고 있던 나폴레옹조차 총알에 맞아 꼬리 끝이 잘려 나갔다.

그러나 사람들이라고 해서 다치지 않을 수는 없었다. 복서의 발굽에 얻어맞아 세 사람의 머리가 깨졌고, 다른 한 사람은 암소의 뿔에 배를 받혔으며 또 한 사람은 제시와 블루벨에게 바지를 거의 다 찢겼다. 그리고 나폴레옹을 호위하는 아홉 마리의 개가 나폴레옹의 지시를 받아 울타리의 그늘로 돌아가서 사람들의 측면을 갑자기 공격하며 사납게 짖어 대자 사람들은 공포에 사로잡혔다.

그들은 자신들이 포위될 위험에 처해 있다는 것을 깨달았다. 프레데릭 씨는 그의 부하들에게 길이 트였을 때 도망치라고 소리쳤고, 그 순간 겁에 질린 적들이 죽어라 도망치기 시작했다. 동물들은 들판 끝까지 그들을 추격하여 그들이 가시나무 울타리로 빠져나갈 때까지 몇 번이나 더 걷어찼다.

동물들은 승리했다. 그러나 그들은 완전히 지쳐 있었고 피도 흘리고 있었다. 그들은 절뚝거리며 천천히 농장으로 되돌아오기 시작했다. 전사한 동무들의 시체가 풀밭에 늘어져 있는 광경을 보자 몇몇은 눈물을 흘렸다. 그리고 잠시 동안 슬픈 침묵에 싸여 한때 풍차가 서 있던 자리에서 걸음을 멈추었다.

그렇다 풍차가 사라져 버린 것이다. 그토록 힘들인 노력의 결과가 거의 조그마한 흔적도 남기지 않고 사라져 버린 것이다! 심지어 기초마저 부분적으로 파괴되었다. 그리고 그것을 다시 짓는다 해도 지난번처럼 무너진 돌들을 다시 사용할 수는 없었다. 이번에는 돌마저 사라져 버린 것이다. 폭발하는 힘 때문에 돌들이 수백 야드나 멀리 날아가 버렸고, 풍차가 있던 자리는 처음부터 아무 것도 없었던 것처럼 말짱했다.

동물들이 농장으로 되돌아오자 웬일인지 이 전투에 참가하지 않았던 스퀴러가 꼬리를 휘저으며 아주 만족스러운 표정으로 그들에게 껑충껑충 뛰어왔다. 그리고 농장 건물 쪽에서 빵 하는 엄숙한 총소리가 들려왔다.

"저 총소리는 뭡니까?"

복서가 물었다.

"우리의 승리를 축하하기위한 소리입니다!"

스퀴러가 외쳤다.

"무슨 승리요?"

복서가 물었다. 그의 무릎에서는 피가 흐르고 있었다.

그는 편자 하나를 잃었고 발굽이 찢겼으며, 총알 열두 발이 그의 뒷다리에 박혀 있었다.

"무슨 승리라니요 동무? 우리는 우리의 땅에서 – 동물 농장의 신성한 땅에서 - 적들을 몰아내지 않았습니까?"

"그렇지만 저들은 풍차를 부숴 버렸어요. 우리가 2년 동안이나 일해 온 걸 말입니다!"

"그게 무슨 상관입니까? 우리는 또 다른 풍차를 건설할 겁니다. 우리는 우리가 원하기만 하면 여섯 개의 풍차라도 세울 수 있어요. 당신은 우리가 이룩한 위업을 인정하지 않으려하는군요. 동무, 적은 우리가 지금 서 있는 바로 이 땅을 점령했었습니다. 그런데 지금 우리는 나폴레옹 동무의 영도력 덕분에 이 땅을 한 치도 남김없이 모두 다시 되찾지 않았습니까!"

"그렇지만 이건 우리가 전부터 소유했던 것을 되찾은 것뿐입니다."

복서가 말했다.

"그게 바로 우리의 승리지요."하고 스퀴러가 말했다.

그들은 절뚝거리며 마당으로 들어섰다. 복서는 다리의 살갗 속에 박힌 총알 때문에 무척 쑤시고 아팠다. 복서는 풍차를 기초부터 다시 지어야 할 막중한 노동이 자기 앞에 놓여 있다는 것을 깨달았고 벌써 그 생각만으로도 긴장하고 있었다. 그러나 그는 자신이 열한 살이나 되었으며, 자신의 튼튼한 근육도 예전 같지 않음을 느낄 수 있었다.

그러나 동물들은 펄럭이는 초록색 깃발을 보고 다시 총이 발포되는 소리를 들으며 – 모두 일곱 발이었다 – 나폴레옹이 자신들의 싸움을 치하해주는 연설에 귀를 기울이자, 그들은 위대한 승리를 거둔 것처럼 여겨졌다. 전투 중에 목숨을 잃은 동물에게는 엄숙한 장례가 치러졌다. 복서와 클로버가 영구차로 사용되는 마차를 끌었고, 나폴레옹 자신은 행렬의 맨 앞에서 걸었다.

꼬박 이틀 동안 승리의 축하연이 벌어졌다. 노래를 부르고 연설을 하며 축포를 더 많이 터트렸으며, 모든 동물들에게 사과 한 알씩, 새들에게는 각각 2온스(약57그램)의 옥수수를, 개들에게는 각각 비스킷 세 개씩을 특별선물로 주어졌다. 이번 전투는 '풍차전투'라고 명명되었으며, 나폴레옹은 '녹기(綠旗)훈장'을 새로 만들어 그것을 자기 자신에게 수여하였다.

모두가 희희낙락하는 사이에 불행했던 위조지폐사건은 잊혀졌다.

그로부터 며칠 후, 돼지들은 우연히 농장집 지하실에서 위스키 한 상자를 찾아냈다. 그 집이 처음 점거되었을 때에는 찾아내지 못했던 것이었다.

그날 밤, 농장집에서는 커다란 노랫소리가 들려왔다. 그런데 그 노래들 중 〈영국의 동물들〉도 섞여 있었기 때문에 모든 동물들이 놀라지 않을 수 없었다. 그리고 아홉시 반쯤 되어 나폴레옹이 존스 씨의 낡은 중절모자를 쓰고 뒷문으로 나와 황급히 마당을 마구 내달린 후, 다시 집 안으로 자취를 감추는 것이었다.

아침에는 무거운 침묵이 농장집 전체를 둘러싸고 있었다. 돼지 한 마리 얼씬거리지 않았다. 거의 아홉 시가 되어서야 스퀼러가 모습을 나타냈다. 그는 천천히 그리고 힘없이 걸음을 옮겼는데 눈은 흐리멍덩했고, 꼬리는 힘없이 축 늘어진 것이 무슨 중병에 걸린 모습이었다. 스퀼러는 동물들을 소집하고는 엄청난 소식을 전달하겠다고 말했다. 나폴레옹 동무가 죽어 간다는 것이었다.

비탄의 소리가 터져 나왔다. 농장집 문 밖에 짚을 깔아 놓고 동물들은 발끝으로 걸어 다녔다. 그들은 눈에 눈물을 가득 머금고 그들의 지도자가 그들에게서 떠난다면 자기들은 어떻게 될 것인지를 걱정했다. 스노우볼이 나폴레옹의 음식에 독약을 넣도록 일을 꾸몄다는 소문이 나돌았다.

열한 시가 되자 스퀴러가 또 다른 것을 발표하기 위해 밖으로 나왔다. 그는 나폴레옹 동무가 죽기 전의 마지막 조처로, 술을 마시는 자는 사형에 처한다는 엄격한 명령을 내렸다는 것이었다.

그러나 저녁때가 되자 나폴레옹은 조금 회복된 것처럼 보였으며, 이튿날 아침에는 스퀴러가 동물들에게 나폴레옹이 계속 회복되고 있는 중이라고 전했다.

그날 저녁 나폴레옹은 다시 일을 하기 시작했다. 그 다음날에는 윔퍼 씨에게 윌링던에서 양조와 증류에 관한 책자를 몇 권 구입해 오라고 지시했다는 사실이 알려졌다.

일주일이 지난 후, 나폴레옹은 과수원 너머의 작은 목장을 갈도록 명령했다. 이 땅은 전에 일을 할수 없게 된 동물들을 위한 목초지로 따로 남겨 놓았던 곳이었다. 이 목장에는 풀이 다

없어져서 새로 씨를 뿌려야 했다. 그러나 얼마 지나지 않아 나폴레옹이 그곳에 보리를 심으려고 한다는 것이 알려졌다.

그런데 이즈음 거의 누구에게도 이해할 수 없는 이상한 사건이 하나 일어났다.

어느 날 밤 열두 시쯤 되었을 때, 마당에서 큰 굉음이 들려와서 동물들은 우리 밖으로 뛰쳐나와 보았다. 달빛이 밝은 밤이었다. 제7계명이 적혀 있는 큰 창고의 끝의 벽 밑에 사다리가 두 토막으로 부러져 있었던 것이다. 스퀴러가 잠시 기절하여 그 밑에 깔려 있었고, 그 바로 옆에는 등잔과 페인트 붓, 뒤집혀진 페인트통이 나뒹굴고 있었다. 개들이 곧 스퀴러 주위를 둘러싸고 그가 걸을 수 있게 되자, 그를 호위하여 농장집으로 데리고 갔다.

동물들 중 어느 누구도 대체 무슨 일인지 갈피를 잡지 못했다. 오직 벤자민 영감만이 알겠다는 표정으로 콧등을 끄덕이며 이해하는 것처럼 보였으나 아무 이야기도 하려 들지 않았다.

그러나 그로부터 며칠 후, 뮤리엘이 혼자서 7계명을 읽던 중 동물들이 잘못 기억하고 있는 부분이 있다는 것을 깨달았다.

그들은 제5계명을 '어떤 동물도 술을 마셔서는 안 된다.' 라고 기억하고 있었는데 거기에는 그들이 잊고 있던 단어가 더 있었다. 실제로 그 계명은 다음과 같았다.

'어떤 동물도 너무 많이 술을 마셔서는 안 된다.'

Animal Farm

CHAPTER

9

　복서의 찢어진 발굽이 낫는 데는 많은 시간이 필요했다. 그러나 동물들은 승리의 축하연이 끝난 다음 날부터 풍차 재건 작업에 착수해야 했다. 복서는 하루도 쉬는 것을 거부했고, 자신이 고통스러워하는 모습을 남들에게 보이지 않는 것을 명예로 여겼다.

　저녁이 되어서야 그는 클로버에게만 솔직히 발굽 때문에 너무 고통스럽다고 고백했다. 클로버는 약초를 직접 씹어서 만든 찜질약으로 복서의 발굽을 치료해 주었다. 그리고 벤자민 영감과 함께 앉아 복서에게 너무 무리하지 말라고 충고했다.

"말의 폐라고 해서 영원히 튼튼하지는 않아요."라고 그녀는 그에게 말했다. 그러나 복서는 귀담아 들으려 하지 않았다. 그는 자신에게 남은 단 하나의 진정한 야망은 은퇴하기 전까지 풍차가 움직이는 모습을 보는 것이라고 말했다.

동물농장의 제반 법률이 처음 제정되던 초기에 퇴직 연령을 정했는데, 말과 돼지는 열두 살, 소는 열네 살, 개는 아홉 살, 양은 일곱 살, 닭과 거위는 다섯 살로 결정 되었었다. 그리고 노령 연금도 후하게 책정되어 있었다.

하지만 퇴직하여 연금을 실제로 받은 동물은 아직까지 하나도 없었다. 최근 이 문제가 자주 논의되었다. 과수원 너머의 작은 들이 보리밭으로 할당되었기 때문에 큰 목장의 한구석에 울타리를 쳐서 퇴직한 동물들을 위한 목초지로 만들 것이란 소문이 돌았다. 말의 경우 연금은 하루에 옥수수 5파운드(약 2.3킬로그램) 겨울에는 건초 15파운드(약 6.8킬로그램), 그리고 축일에는 홍당무 또는 가능하다면 사과 한 개를 줄 것이라고 정했었다. 복서의 열두 번째 생일은 이듬해 늦여름이었다.

한편 생활은 더욱 어려워졌다. 겨울은 지난해만큼 추웠으며, 식량도 더 부족했다. 돼지와 개의 식량을 제외하고는 모든 동물들의 식량 배급량이 또다시 줄어들었다. 식량 배급에 있어서 모든 동물들에게 똑같이 나누어 주는 것은 동물주의의 원칙에 위배된다는게 스퀴러의 설명이었다. 어쨌든 외관상으로는 어떻게 보일지 몰라도 실제로는 식량이 부족하지 않다는 것을 그가 다른 동물들에게 입증하는 데는 어려움이 없었다. 그의 말

로는 얼마 동안은 확실히 식량 배급량을 재조정(스퀴러는 그것은 결코 '축소'가 아니라 '재조정'이라고 표현했다) 할 필요가 있지만, 그래도 존스씨 시절에 비해서는 엄청나게 많이 개선된 것이라고 말했다. 째지는 다급한 목소리로 숫자들을 읽어 가며 그는 존스 씨 시절에 받던 양보다 더 많은 귀리와 더 많은 건초, 그리고 더 많은 순무를 받게 되었으며, 일하는 시간은 더 짧아졌고 마시는 물의 질도 더 좋아졌을 뿐만 아니라 수명이 길어지고, 새끼들

의 생존비율이 훨씬 높아졌으며, 우리에는 짚이 더 많아지고 벼룩에게 시달리는 고통도 줄었다는 것을 동물들에게 자세히 증명해 주었다. 동물들은 그 말을 모두 믿었다.

그러나 사실대로 말하자면 존스 씨와 존스 씨 시절이 상징하는 모든 것들은 이미 동물들의 기억 속에서 거의 다 사라져 버렸다. 그들은 이제 삶이란 가혹하고 고달픈 것이며, 자신들은 잦은 굶주림과 추위에 떨면서 잠을 잘 때를 제외하고는 언제나 일을 해야 한다고 생각하고 있었다. 그러나 의심할 여지 없이 예전에는 지금보다 훨씬 나빴다. 그들은 그렇게 믿는 것이 편했다. 게다가 그때의 그들은 노예였지만, 이제는 자유로운 몸이다. 스퀼러가 늘 지적하는 것처럼 바로 그것이 근본적인 차이인 것이다.

이제는 부양해야 할 식구도 훨씬 많아졌다. 가을에 네 마리의 암퇘지가 거의 동시에 해산을 해서 서른한 마리의 새끼를 낳았다. 새끼돼지들은 흑백 얼룩이었다. 나폴레옹이 이 농장의 유일한 수퇘지였으므로 아비가 누구인지 추측하기란 그리 어렵지 않았다. 얼마 후 벽돌과 재목을 사들인 뒤, 농장집의 정원에 교실을 세울 것이라는 발표가 있었다.

한동안은 나폴레옹 자신이 농장집 부엌에서 새끼돼지들을 교육시켰다. 어린 돼지들은 정원에서 운동을 했으며, 다른 어린 동물들과 함께 놀지 못하도록 했다. 또한 이즈음에는 규칙이 제정되었는데 돼지와 다른 동물이 길에서 마주치면 다른 동물들이 길을 비켜야 한다는 것과 모든 돼지는 계급의 고하를 막론하고 일요일에는 꼬리에 녹색 리본을 매는 특권을 갖는다는 규칙이었다.

올해의 농장 수확은 아주 성공적이었지만, 여전히 현금이 부족했다. 교실을 지을 벽돌과 모래, 석회를 사들여야 했고, 풍차 기계를 구입하기 위해 저축을 해야 할 필요도 있었다. 그리고 농장집에서 사용할 등잔기름과 양초, 나폴레옹의 식탁에 놓을 설탕(그는 설탕을 먹으면 살이 찐다는 이유로 다른 돼지들에게는 금했다)이 있어야 했다. 그리고 연장, 못, 끈, 석탄, 철사, 횟조각과 같은 모든 일용품들을 다시 장만해야 했고, 개들이 먹을 비스킷도 필요했다. 그래서 건초 한 더미와 수확한 감자 일부를 팔아야 했다. 그리고 계란의 판매 계약도 일주일에 6백 개

로 늘어났기 때문에 이 해에는 암탉들이 간신히 지난해와 비슷한 수의 병아리를 부화시킬 수 있었다.

12월에 줄어든 식량 배급량이 2월에 또다시 줄어 들었다. 기름을 절약해야 한다는 이유로 우리 속의 등잔에 불을 켜는 것도 금지되었다. 그러나 돼지들만은 아주 안락해 보일 뿐만 아니라 체중도 점점 늘고 있었다.

2월 말경의 어느 날 오후, 동물들은 부엌 뒤에 있는 작은 양조장 - 존스 씨 시절에는 사용되지 않던 - 에서 마당을 건너 풍겨 오는 한 번도 맡아보지 못했던 구수하고 달콤한, 식욕을 돋우는 냄새를 맡았다. 누군가가 그건 보리를 삶는 냄새라고 말했다. 동물들은 굶주린 듯 킁킁대며 냄새를 맡고는 그 구수한 여물이 저녁 식사로 나올 것인지 궁금해 했다. 하지만 그 구수한 여물은 나오지 않았다.

그 다음 일요일, 이제부터 보리는 모두 돼지들에게만 분배될 것이라는 발표가 있었다. 과수원 너머의 들판에는 벌써 보리를 뿌렸다. 그 후 돼지들에게는 각자 하루에 3홉(540ml)의 맥주가 배급되었으며 나폴레옹에게는 반 갤런(2,273ml)이 공급되어 그것을 언제나 크라운 더비제 수프 그릇에 담아 놓는다는 소문이 떠돌았다.

그러나 감내해야 할 고통이 있다고 해도 현재의 생활이 이전보다 훨씬 품위가 있는 삶이라는 사실만으로 부분적으로나마 그 고통들은 상쇄되었다. 전보다 노래도 더 많이 불렀고 연설도 더 많이 들었으며 행진도 더 많이 했다. 나폴레옹은 동물 농장의 투쟁과 승리를 축하하기 위해 자발적인 시위를 일주일에 한 번씩 해야 한다고 지시했던 것이다. 지정된 시간이 되면 동물들은 하던 일을 멈추고 돼지들을 선두로 말, 소, 양, 그리고 날짐승 순서로 군대처럼 열을 지어 농장 안을 돌며 행군하곤 했다. 개들은 대열의 양 옆에 섰고, 전 대열의 맨 앞에는 나폴레옹이 거느리는 검은 수평아리가 앞장섰다.

복서와 클로버는 항상 대열 중앙에 서서 말굽과 뿔이 그려져 있고 '나폴레옹 동지 만세!'라는 구호가 적혀 있는 녹색 깃발을 들고 행진했다. 그런 후에는 니폴레옹의 영광을 찬양하는 시들이 낭독되었고 최근의 식량생산 증가를 상세히 설명하는 스퀴러의 연설이 뒤를 이었다. 그리고 때로는 총으로 예포를 쏘기도 했다.

　양들은 자진시위의 가장 열성적인 지지자로서 만약 누군가가 이런 일은 춤기만 하고 공연한 시간낭비일 뿐이라고 말하면(돼지들과 개들이 주위에 없을 때는 가끔 불평을 하는 동물도 있었다) 어김없이 큰 소리로 '네 다리는 좋고 두 다리는 나쁘다'를 외치면서 그들의 말문을 막았다.

그러나 대부분의 동물들은 이런 시위를 좋아했다. 그들은 이런 시위를 통해 자신들이 농장의 진정한 주인이며, 자신들의 작업이 자신들의 이익을 위한 것임을 상기하고는 즐거워했다. 그리하여 노래와 행군, 스퀼러의 숫자 나열, 우렁찬 총소리, 수평아리의 꼬꼬댁거리는 소리와 펄럭이는 깃발을 보면서 그들은 적어도 그 순간만은 자신들의 배고픔을 잊을 수가 있었다.

4월에 동물농장은 공화국으로 선포되었다. 그래서 대통령을 선출할 필요가 있었다. 후보자는 나폴레옹 혼자였고, 만장일치로 선출되었다.

그리고 바로 그날 스노우볼이 존스 씨와 공모했다는 사실을 보다 상세하게 밝혀 주는 새로운 문서가 발견되었음이 알려졌다. 스노우볼은 동물들이 이전에 상상했던 것처럼 단순히 전략적으로만 '외양간 전투'에서 패배하도록 기도했던 것이 아니라 공공연히 존스 씨 편에 서서 싸웠다는 것이 드러났다. 실제로 그는 인간 군대의 실질적인 지휘자였고, 그의 입으로 '인간 만세!'를 외치며 전투에 참가했다는 것이었다. 몇몇 동물들이 목격했던 것으로 아직도 기억하고 있는 스노우볼의 등에 난 상처는 나폴레옹이 이빨로 물어 뜯어 입힌 상처였다는 것이다.

몇 년 동안 모습을 보이지 않았던 갈까마귀 모제스가 한 여름에 갑자기 다시 나타났다. 그는 조금도 변하지 않았다. 여전히 일은 안 하면서 '슈가캔디 산'에 대해 전과 똑같이 지껄여댔다. 그는 나무 그루터기에 앉아 검은 날개를 퍼덕이며 자기 말에 귀 기울이는 누구에게든 몇 시간이고 이야기를 했다.

그는 커다란 부리로 하늘을 가리키며 엄숙하게 말했다.

"저 위에는 말이오, 동무들. 저기 보이는 어두운 구름 너머에는 슈가캔디 산이라는 우리 불쌍한 동물들이 노동에서 해방되어 영원히 안식할 수 있는 행복의 나라가 있습니다!"

그는 심지어 하늘 높이 날다가 그곳에 한번 간 적이 있는데 끝없이 넓은 들판 위에 토끼풀과 아마인 깻묵이 피어 있으며, 울타리에는 각설탕이 자라고 있는 것을 보았다고 주장했다.

많은 동물들이 모제스의 말을 믿었다. 그들의 삶은 이제 굶주리고 고달프다는 것을 깨달았다. 더 좋은 세상이 어딘가에 존재한다고 믿는 것이 과연 나쁜 일인가? 모제스에 대한 돼지들의 태도로 보아 이것을 판단하기란 더 어려웠다. 돼지들은 모두 '슈가 캔디 산'에 대한 그의 이야기가 허무맹랑한 것이라고 경멸하면서도, 모제스가 농장에 그대로 눌러 있게 내버려둘 뿐만 아니라 아무 일을 하지 않는데도 하루에 한 홉(180㎖)의 맥주를 배급하기까지 했다.

발굽이 완치된 복서는 이제까지보다 더 열심히 일을 했다. 사실 모든 동물들이 그 해 내내 노예처럼 일을 했다. 농장의 정규 노동과 풍차 재건 작업 외에도, 3월부터 시작 된 새끼 돼지들의 교실 건축 작업이 있었다. 충분히 먹지도 못하면서 오랜 시간 일을 한다는 것이 때로는 견디기 어려웠지만, 복서는 조금도 굽힘이 없었다. 그의 말이나 행동으로 보아 그의 힘이 전과 같지 않다는 징조는 조금도 보이지 않았다. 약간 변한 것이라곤 그의 외모뿐이었다. 그의 피부는 예전만큼 윤기가 돌지 않았으며, 커다랗던 그의 궁둥이도 약간 작아진 것 같아 보였다. 다른 동물들은 '햇풀이 무성해지는 봄이 되면 복서도 좋아질 거야.'라고 말했지만, 봄이 됐는데도 복서는 살이 찌지 않았다. 때때로 채석장 꼭대기를 향해 경사진 곳을 커다란 돌을 끌고 올라가면서 돌 무게를 근육으로 버티고 서 있을 때의 그의 모습을 보면, 그의 다리에는 끈질긴 의지력 외에는 남은 것이 없는 것처럼 보였다. 그럴 때면 그의 입에서는 '내가 좀 더 일하지.'라고 말하는 것처럼 보였다. 하지만 그는 소리 내어 말하지는 않았다.

클로버와 벤자민 영감은 복서에게 다시 한 번 건강을 조심하라고 충고했지만, 복서는 조금도 주의하지 않았다. 복서의 열두 번째 생일이 다가오고 있었다. 그는 연금을 받기 전에 돌이 충분히 쌓이기만 하면 다른 것은 상관없었다.

그해 여름 어느날 저녁 늦게 복서에게 무슨 일이 생겼다는 소문이 농장 안에 퍼졌다. 그가 혼자서 돌 한 짐을 끌고 풍차 있는 데까지 내려갔던 것이다. 과연 그 소문은 사실이었다. 몇 분 후 비둘기 두 마리가 소식을 가지고 급히 날아왔다.

"복서가 쓰러졌어요! 옆으로 쓰러진 채 일어나질 못해요!"

농장 동물들의 반 정도가 풍차가 서 있는 언덕으로 달려갔다. 복서는 짐수레의 굴대 사이에 끼어 머리를 들지도 못하고 목을 뻗은 채 누워 있었다. 그의 눈은 흐릿했고 옆구리는 땀에 젖어 있었다. 가느다란 핏줄기가 입에서 조금씩 흘러나왔다.
클로버는 그의 옆에 무릎을 꿇고 앉았다.

"복서, 어때요?"

클로버가 소리쳤다.

"폐를 다쳤어요. 하지만 괜찮아요. 내가 없더라도 당신들이
풍차를 완성할 수 있을 거예요. 쌓아 놓은 돌이 꽤 되니까요.
어쨌든 나는 한 달밖에 남지 않았어요. 솔직히 말하면 나는 퇴
직을 기다리고 있었어요. 그리고 벤자민 영감님도 역시 늙었
으니 나와 같은 시기에 은퇴하는 동료가 될
거예요."

복서가 힘없는 목소리로 말했다.

"바로 치료해야 해요.
누가 달려가서 스
퀴러에게 이 사실을
알려 줘요."

클로버가 말했다.

즉시 다른 모든 동물들이 이 사실을 스퀴러에게 전하기 위해 농장집으로 뛰어갔다. 오직 클로버와 벤자민 영감만이 복서 옆에 남았고, 벤자민 영감은 아무 말없이 복서 옆에 앉아 말없이 그의 긴 꼬리로 파리를 쫓아 주었다.

15분쯤 지나자, 스퀴러가 동정과 걱정에 가득 찬 표정으로 나타났다. 그는 농장에서 가장 충실한 일꾼에게 일어난 이 불행한 사고에 대해 나폴레옹 동지도 깊은 유감의 뜻을 표했으며 이미 복서를 윌링던의 병원으로 보내 치료받을 수 있도록 조처를 취하고 있는 중이라고 말했다.

동물들은 이 말에 일말의 불안감을 느꼈다. 몰리와 스노우볼을 제외하고는 어떤 동물도 농장을 떠난 적이 없었는데, 아픈 동료를 인간의 손에 맡긴다는 것 이 그리 좋

은 것 같지 않아 보였다. 그러나 스퀴러는 윌링던에 있는 가축 병원 수의사가 농장에서 치료하는 것보다 복서의 병을 훨씬 더 잘 치료할 수 있다고 그들을 쉽게 설득시켰다.

그리고 약 30분쯤 지나자 복서는 약간 회복되어 간신히 발을 딛고 일어날 수 있었다. 그는 클로버와 벤자민 영감이 그를 위해 만들어 놓은 푹신한 밀짚 침대가 놓여 있는 그의 우리로 절뚝거리면서 힘들게 돌아갔다.

그 후 이틀 동안 복서는 우리 속에 누워 있었다. 돼지들은 목욕탕 약장 속에서 찾아낸 커다란 분홍색 약 한 병을 보냈으며, 클로버가 하루에 두 번씩 식사 후에 그 약을 복서에게 먹였다. 클로버는 밤에도 그의 우리에 남아 그와 이야기를 했고, 그러는 동안 벤자민 영감은 줄곧 옆에서 파리를 쫓아 주었다.

복서는 자신에게 일어난 일을 슬퍼하지 않는다고 말했다. 그는 회복되면 앞으로 3년은 더 살 수 있을 것이고, 그러면 큰 목장의 한 쪽에서 평화로이 보낼 날들을 기다리고 있었다. 그는 처음으로 사색에 잠기며 마음을 수양 할 여가를 가질 것이었다. 그는 여생을 그동안 익히지 못했던 알파벳의 나머지 스물

두 글자를 배우는 데 바칠 생각이라고 말했다.

벤자민 영감과 클로버는 작업 시간이 끝나고 나서야 복서와 함께 있을 수 있었다. 그런데 한낮에 복서를 데리고 갈 큰 마차가 왔다. 그때 동물들은 모두 돼지의 감독 아래 잡초를 뽑는 작업을 하고 있었다.

그런데 갑자기 벤자민 영감이 농장 건물 쪽에서 큰소리로 울며 뛰어왔다. 그것을 본 다른 동물들은 깜짝 놀랐다. 그들은 이제까지 벤자민 영감이 그렇게 흥분한 것을 본 적이 한 번도 없었기 때문이다. 그가 뛰는 모습을 본 것도 그때가 처음이었다.

벤자민 영감이 소리쳤다.

"빨리, 빨리! 빨리들 와! 그들이 복서를 데려가고 있어!"

동물들은 돼지의 승낙을 기다리지 않고, 하던 일을 내동댕이 치고 농장 건물로 달려갔다. 아니나 다를까, 마당에는 두 마리의 말이 끄는 포장 덮은 큰 마차가 서 있었고 포장 벽에는 무슨 글씨가 씌어 있었으며 마부석에는 나지막한 중절모자를 쓴 교활하게 생긴 남자가 앉아 있었다. 그리고 복서의 우리는 텅 비어 있었다.

동물들이 마차 주위에 몰려들었다.

"잘가요, 복서!"

그들은 입을 모아 다시 한 번 외쳤다.

"잘가요."

"바보들아! 바보들아!"

벤자민 영감은 그들의 주위를 경중경중 뛰면서 그의 작은 발굽으로 땅바닥을 치면서 고함을 질렀다.

"바보들아! 저 마차에 뭐라고 적혀 있는지 보이지 않아?"

이 말을 듣자 동물들은 조용해졌다. 뮤리엘이 글자를 읽어 나가기 시작했다. 그러나 벤자민 영감이 그녀를 밀치고 죽음 같은 침묵 속에서 그것을 읽었다.

"'앨프레드 시몬스, 말 도살 및 아교 제조업, 윌링던, 피혁과 골분(骨粉)매매. 개집 공급' 저게 무슨 뜻인지 모르겠어? 저들이 복서를 말 도살업자에게 넘겨주는 거란 말이야!"

모든 동물들의 입에서 공포의 외침이 터져 나왔다. 이 순간 마부석에 앉은 사나이가 말에 채찍질을 하자, 마차는 빠른 속력으

194

로 마당 밖으로 빠져나갔다. 모든 동물들이 뒤따르며 큰 소리로 외쳤다.

클로버가 앞을 헤치고 달려 나갔지만, 마차는 속력을 내기 시작했다. 잰걸음으로 뛰던 클로버는 빨리 움직여 마구 달려가기 시작했다.

"복서!"

클로버가 소리쳤다.

"복서! 복서! 복서!"

그러자 바로 그 순간, 밖에서의 소동을 들은 것처럼 콧잔등에 흰줄이 있는 복서의 얼굴이 마차 뒤의 작은 창문에 나타났다.

"복서!"

클로버는 무서운 소리로 부르짖었다.

"복서! 내려요! 빨리 내려요! 그들이 당신을 죽이려고 해요."

모든 동물들이 뒤따라오며 고함을 질렀다.

"내려요, 복서, 어서 내려요!"

그러나 마차는 이미 속력을 내며 그들로부터 멀어져 가기 시작했다. 복서가 클로버의 말을 알아들었는지는 분명치 않았다. 그러나 잠시 후 그의 얼굴이 창문뒤로 사라지더니 마차 안에서 쿵쿵거리는 말발굽 소리가 커다랗게 들렸다. 그는 나갈 문을 찾고 있었다. 복서가 발굽으로 몇 번 차기만 하면 마차쯤은 쉽게 산산조각 내버릴 수 있었던 시절이 있었다. 그러나 슬프게도 그런 힘이 사라지고 말았다.

잠시 후 쿵쿵거리던 발굽 소리는 희미해지다가 없어져 버렸다. 절망에 빠진 동물들은 마차를 끄는 두 마리의 말에게 멈추어 달라고 호소하기 시작했다. 동물들이 외쳤다.

"동무, 동무! 당신의 형제를 죽이러 데려가지 말아요!"

그러나 멍청한 말들은 무슨 일이 벌어지고 있는지 깨닫기에는 너무나 무지해서 그저 귀를 뒤로 젖힌 채 걸음을 재촉 할 뿐이었다. 복서의 얼굴은 다시는 창문에 나타나지 않았다. 누군가가 먼저 달려가서 다섯 개의 빗장으로 된 문을 닫을 생각을 했지만 이미 너무 늦었다. 다음 순간, 마차가 그 문을 통과하여 길 아래로 빠르게 사라지고 말았다. 복서는 다시 보이지 않았다.

사흘 후, 복서는 말이 받을 수 있는 모든 치료를 받았음에도 불구하고 윌링던의 병원에서 죽었다고 발표되었다. 스퀴러가 이 소식을 다른 동물들에게 전하러 왔다. 그는 복서의 마지막 몇 시간을 지켜보았다고 했다.

"이제껏 내가 보아 온 것 중 가장 가슴 아픈 장면이었습니다."

스퀴러는 앞다리를 들어 눈물을 닦으며 계속해서 말했다.

"나는 그의 마지막 순간에 그의 머리맡을 지켰습니다. 거의 말로 할 수 없을 만큼 쇠약해진 끝에 그는 내 귀에 대고 풍차를 완성하기 전에 죽는 것이 유일하게 가슴이 아프다고 속삭였습니다. '전진합시다. 동무들!' 하고 그는 속삭였습니다. '봉기의 이름으로 전진합시다. 동물농장 만세! 나폴레옹 동무 만세! 나폴레옹은 언제나 옳습니다!' 이것이 그의 마지막 말이었습니다. 동무들."

여기서 스퀴러의 태도가 갑자기 바뀌었다. 그는 잠시 동안 침묵에 잠겼다. 그의 작은 눈이 좌우로 의심스럽게 쏘아보더니 계속 말을 이었다.

복서가 실려 간 후 어리석고도 악의에 찬 소문이 나돌았다는 것을 자신도 알고 있다고 했다. 몇몇 동물들은 복서를 신고 가는 마차에 '말 도살' 이라고 씌어 있는 것을 보고 실제로 복서가 말 도살업자에게 넘겨진다는 결론으로 비약했다는데, 어떻게 그렇게 어리석을 수 있는지 도저히 믿어지지 않는다고 스퀴러는 덧붙였다. 그는 꼬리를 뻣뻣이 세워 이리저리 흔들면서 친애하는 수령 나폴레옹 동무가 그렇게 밖에 생각될 수 없느냐고 분통을 터뜨렸다.

그의 설명은 정말로 매우 간단했다.

그 마차는 전에 말 도살업자의 소유였으나 수의사가 사들여 옛 이름을 채 지우지 못했다는 것이었다. 오해가 생긴 것은 그 때문이었다.

동물들은 이 말을 듣고 마음이 놓였다. 그리고 스퀴러가 계속해서 복서가 임종하던 침대라든가 그가 받았던 경이적인 치료술, 나폴레옹이 비용을 생각하지 않고 지불했던 값비싼 약품들에 대해 거침없이 생생하게 설명하자 그들의 마지막 의심마저 사라졌고 자신의 동료의 죽음에서 느낀 슬픔은 적어도 그는 행복하게 죽어 갔다는 생각으로 진정되었다.

나폴레옹은 몸소 다음 일요일 아침 회합에 나타나 복서를 찬

양하는 짤막한 연설을 했다. 그는 애통한 동지의 유해를 농장에 묻기 위해 찾아오는 것은 불가능했지만, 농장집 정원에 있는 월계수로 커다란 화환을 만들라고 지시하여 복서의 무덤에 놓아 두도록 보냈다고 말했다. 그리고 며칠 내로 돼지들은 복서를 기리는 추모연을 갖기로 했다고 덧붙였다. 나폴레옹은 복서가 즐겨 외던 '내가 좀 더 일하지.'와 '나폴레옹 동무는 항상 옳다.'는 두 개의 격언을 상기시키면서 모든 동물들이 그 격언을 자신의 것으로 삼았으면 좋겠다는 말로 연설을 끝맺었다.

추모의 날로 정해진 날 윌링던에서 식료잡화상 마차가 커다란 나무상자를 농장집으로 배달해 왔다.

그날 밤, 떠들썩한 노랫소리가 난데 이어 난폭하게 싸우는 것 같은 소리가 들렸고 열한 시쯤 유리 깨지는 소리가 크게 나는 것으로 끝났다.

이튿날 점심때까지 농장집에서는 아무도 얼씬거리지 않았으며, 돼지들이 어디선가 돈을 얻어 자기들이 마실 위스키 한 상자를 샀다는 소문이 돌았다.

Animal Farm

10

CHAPTER

　여러 해가 지났다 계절이 몇 번이나 바뀌었고 수명이 짧은 동물들은 세상을 떠났다. 클로버와 벤자민 영감, 갈까마귀 모세스, 그리고 상당수의 돼지들을 제외하고는 봉기 전의 옛날을 기억하는 동물은 아무도 없는 시절이 온 것이었다.

　뮤리엘이 죽었다. 블루벨 제시 그리고 핀처도 죽었다. 존스 씨 역시 죽었다. 그는 이 지방 다른 마을의 주정뱅이 수용소에서 죽었다. 스노우볼에 대한 기억은 사라졌다. 복서에 대한 기억은 그를 알던 몇몇을 제외하고는 모두에게서 사라졌다. 클로버는 관절이 뻣뻣해지고 눈곱이 자주 끼는 늙고 뚱뚱한 암말이 되었다. 그녀는 정년을 2년이나 넘겼지만 실제로 퇴직한 동물은 아무도 없었다. 은퇴한 동물들을 위해서 목장 한 귀퉁이를 나누어 주겠다던 이야기도 오래 전에 없어져 버렸다. 나폴레옹은 이제 24스톤(152.4킬로그램)이나 나가는 장년의 수퇘지가 되었다. 스퀴러는 너무 살이 쪄서 간신히 눈을 뜰 수 있을 정도였다. 오직 벤자민 영감만이 콧등쪽이 약간 희끄무레해졌고 복서가 죽은 다음에는 전보다 더 침울하고 과묵해졌을 뿐, 전과 거의 다름 없었다.

농장의 동물은 초기에 예상했던 것만큼 그렇게 많이 증가하지는 않았지만 제법 늘어났다. 이 농장에서 태어난 많은 동물들에게는 '봉기'란 입에서 입으로 전해지는 희미한 전설에 불과했으며 다른 곳에서 팔려온 동물들은 자기들이 이곳에 오기 전까지는 그런 이야기를 들어본 적도 없다고 했다.

농장에는 클로버 말고도 세 마리의 말이 있었다. 그들은 아주 훌륭한 동물들로 자발적으로 일하는 선량한 동료였지만 멍청했다. 그들 중 어느 누구도 알파벳을 B자 이상을 익힐 수 없다는 것이 증명되었다. 그들은 자신들이 어머니처럼 존경하는

클로버로부터 봉기와 동물주의의 원칙에 대한 이야기를 듣고 그 모든 것을 다 받아들였지만, 그걸 얼마만큼 이해했는지는 의심스러웠다.

농장은 더 번창하고 더 잘 조직화 되어 갔다. 필킹턴 씨로부터 밭을 두 뙈기나 더 구입하여 농지가 훨씬 넓어졌다. 풍차도 마침내 성공적으로 완성되었고, 농장은 탈곡기와 건초운반기를 소유하게 되었으며, 여러 채의 새 건물이 증축되기도 했다.

윔퍼 씨는 자신이 쓸 마차를 사들였다. 그러나 풍차는 결국 전력을 생산하는 것으로는 사용되지 않고, 곡식을 빻는 것으로 사용되어 상당한 이윤을 안겨 주었다. 동물들은 또 다른 풍차를 세우기 위해서 열심히 일했다. 그것이 완공되면 발전기가 설치될 것이라는 이야기가 있었다.

스노우볼이 동물들에게 꿈처럼 설명해 주었던 전등과 냉온수가 설치된 우리며 일주일에 3일 노동이라는 사치스러운 꿈에 대해서는 이제는 더 이상 말하지 않게 되었다. 나폴레옹은 그 따위 생각은 동물주의의 정신에 위반되는 것이라고 비난했다. 가장 진실한 행복은 열심히 일하며 검소하게 살아가는 데 있다고 그는 말했다.

어쨌든 농장은 점점 부유해졌지만 동물들 자신은 더 이상 부유해지지 않는 것처럼 보였다. 물론 돼지와 개를 제외하고 말이다. 이것은 아마 돼지와 개의 수가 너무 많은 탓도 있을 것이다. 이들 동물들도 자기들 나름대로 일을 하지 않는 것은 아니었다. 그들은 스퀴러가 지치지도 않고 내세우듯 농장의 감독과 조직을 위해 끊임없이 일을 했다. 이런 일의 대부분은 다른 동물들은 너무 무지해서 이해할 수 없는 것이었다.

예를 들어 스퀴러는 돼지들이 '문서', '보고서', '의사록', '비망록' 이라고 불리는 수수께끼 같은 일을 하느라고 매일매일 엄청난 노동을 해야 한다고 그들에게 말했다. 그런 것들은 글씨를 쓴 표지로 단단히 장정한 커다란 종이쪽지로, 그렇게 장정이 다 끝나면 바로 아궁이에 넣어 태워 버렸다. 이런 것들이 농장의 복지를 위해 가장 중요한 것이라고 스퀴러는 말했다.

그러나 개나 돼지들은 육체노동으로 식량을 생산하는 일은 조금도 하지 않았다. 그들의 숫자는 상당히 많았고 그들의 식욕은 언제나 왕성했다.

다른 동물들에게 있어서의 자신들의 삶이란, 그들이 알고 있는 한 항상 똑같았다. 그들은 전반적으로 굶주렸고 짚위에서 잠을 잤으며 우물에서 물을 마셨고 들에서 노동을 했다. 겨울이면 추위로 고생했고, 여름이면 파리에 시달렸다.

때로는 그들 중 몇몇 늙은이들이 희미한 기억을 더듬어서 존스 씨가 추방 된 지 얼마 안되던 봉기 초기의 사정이 지금보다 더 좋았는지 나빴는지를 비교해 보려 애를 썼지만, 기억해낼 수가 없었다. 그들의 현재의 생활과 비교할 수 있는 것이 아무것도 없었다. 그들에게는 스퀴러의 숫자 목록밖에 비교해 볼 자료가 없었는데, 그 자

료는 모든 게 더욱 훌륭히 개선되고 있다는 것을 천편일률적으로 나열하고 있을 뿐이었다. 동물들은 이 문제를 해결할 수 없음을 깨달았다. 어쨌든 그들은 이제 이런 일들을 생각할 시간이 거의 없었다. 오직 벤자민 영감만이 자신의 오랜 생애를 세세히 기억하고 있었으며 더 좋아질 것도 더 나빠질 것도 없고, 그런 적이 있어 본 적도 없었노라고 말하곤 했는데, 그의 이야기인즉 굶주림, 고생, 좌절이 삶의 불변의 법칙이라는 것이었다.

그래도 동물들은 희망을 버리지 않았다. 더욱이 그들은 한순간이라도 자신들이 동물농장의 구성원이라는 명예심과 특권의식을 잃지 않았다. 그들은 여전히 이 지방에서, 그리고 영국 전체를 통틀어 동물들에 의해 소유, 운영되는 유일한 농장에 살고 있는 것이었다. 그들 중 누구도 - 가장 어린 새끼도 - 10~20마일 떨어진 농장에서 데려 온 신참들마저도 이 점에 대해서는 경탄해 마지않았다.

그리고 그들이 총 쏘는 소리를 듣고 게양대에 녹색기가 펄럭이는 모습을 볼때 그들은 끊임없는 자부심으로 부풀어 올랐고,

그들의 화제는 항상 옛날의 영웅적인 시절, 존스 씨의 추방, 7계명의 계시, 침입해 왔던 인간들을 패배 시킨 위대한 전투 이야기로 돌아갔다. 옛날의 꿈들 중 그 어느 것도 포기한 것은 없었다. 메이저 영감이 예언한, 영국의 푸른 들판에 인간들의 발자국이 찍히지 않을 '동물 공화국'을 여전히 추앙하고 있었다. 언젠가는 그날이 올 것이다. 지금 당장은 아닐지 모른다. 지금 살아 있는 동물들의 생전에는 이루어지지 않을지도 모른다. 그러나 그날은 오고 있다.

〈영국의 동물들〉이라는 노래도 여기저기서 은밀히 불리곤 했다. 어쨌든 농장의 동물들은 소리 내어 부를 수는 없었지만 모두가 그 노래를 알고 있는 것은 사실이었다. 그들의 삶이 고통스럽고 희망이 하나도 이루어지지 못했을지 모르지만, 그들은 자기네가 다른 동물들과는 다르다는 것을 의식하고 있었다.

자신들이 배고픈 것은 압제적인 인간들에 의해 사육되지 않기 때문이며, 그들이 고생스럽게 일하는 것도 최소한 그들 자신을 위해 하는 것이었다. 그들 중 누구도 두 다리로 걷지 않았다. 어떤 동물도 다른 동물을 '주인님'이라고 부르지 않았다. 모든 동물은 평등했다.

초여름의 어느 날, 스퀴러는 양들에게 자기를 따라오라고 지시하여 농장의 저쪽 끝 어린 자작나무가 무성하게 자란 황무지로 데리고 갔다. 양들은 하루 종일 스퀴러의 감독 아래 나뭇잎을 갉아먹으며 지냈다. 저녁때가 되자, 스퀴러는 혼자서 농장집으로 돌아가면서 양들에게는 날씨가 따뜻하니 그곳에서 그대로 머물라는 지시를 내렸다. 양들의 그곳에서의 외박은 일주일 만에 끝이 났다. 그동안 다른 동물들은 그 양들을 전혀 만나지 못했다. 스퀴러는 거의 하루의 대부분을 그들과 함께 지냈다. 스퀴러는 그들에게 비밀을 요하는 새로운 노래를 가르치기 위해서라고 말했다.

양들이 돌아온 직후의 일이다. 동물들이 일을 끝내고 농장 건물로 돌아오던 어느 즐거운 저녁, 무시무시한 말울음 소리가 마당에서 들려왔다. 동물들은 깜짝 놀라 제자리에 우뚝 섰다. 그것은 클로버의 음성이었다. 클로버가 다시 소리를 지르자 동물들은 모두 뛰어서 마당으로 달려들어갔다. 그때 그들은 클로버가 보았던 광경을 보게 되었다.

돼지 한 마리가 뒷발로 걷고 있었다.

그렇다. 그는 스퀴러였다. 그 커다란 몸집이 그런 자세를 취하는 것에 익숙하지 않은 것처럼 약간 위태위태했지만 완벽하게 균형을 잡으면서 그는 마당을 이리저리 거닐고 있었다. 그리고 잠시 후 농장집 문에서 긴 돼지 행렬이 쏟아져 나왔는데, 모두가 하나같이 뒷다리로 걷고 있었다.

어떤 돼지는 다른 돼지보다 더 잘 걸었고, 또 한둘은 조금 뒤뚱거려 지팡이를 짚고 다녀야 될 것처럼 보였지만 모두가 마당을 제대로 걸어 다니는 데는 성공했다.

그리고 마침내 무시무시한 개 짖는 소리와 검은 수평아리의 날카로운 울음소리가 나더니 나폴레옹이 위엄 있게 꼿꼿이 서서 좌우로 의젓한 시선을 던지면서 주위에 맴도는 개를 데리고 나타났다. 나폴레옹은 앞다리에 채찍을 들고 있었다.

죽음과 같은 침묵이 찾아왔다. 놀라움과 공포심에 질려 한데 몰려 있던 동물들은 마당 주위를 천천히 행진하는 돼지들의 긴 행렬을 바라보았다. 마치 세상이 뒤집힌 것 같았다. 첫 충격이 가라앉자 동물들은 개에 대한 공포심에도 불구하고, 그리고 몇 해를 거치는 동안에 형성된, 어떤 일이 벌어져도 불평하지 않고 비판하지 않는다는 습관에도 불구하고 몇 마디 항의의 말을 뱉으려고 했다. 그러나 바로 그 순간에 신호를 받은 것처럼 모든 양들이 일제히 커다란 소리로 외치기 시작했다.

"네 다리는 좋고, 두 다리는 더 좋다! 네 다리는 좋고, 두 다리는 더 좋다! 네 다리는 좋고, 두 다리는 더 좋다!"

그 고함이 쉬지 않고 5분 동안 계속되었다. 양들이 다시 조용해졌을 때는 돼지들이 농장집으로 돌아간 뒤여서 항의를 할 기회를 잃었다.

벤자민 영감은 누군가가 자기 어깨에 코를 부비는 것을 느꼈다. 그가 돌아보았다. 클로버였다. 그녀의 나이든 눈은 전보다 더 흐릿하게 보였다. 그녀는 아무 말없이 벤자민 영감의 갈기를 끌어 7계명이 씌어 있는 큰 창고 끝으로 데려 갔다. 1~2분 동안 그들은 타르 칠을 한 벽에 쓰인 흰 글씨들을 뚫어지게 쳐다보았다.

마침내 그녀가 말했다.

"눈이 잘 보이지 않아요. 하긴 젊었을 때도 저는 저기에 쓰인 글을 읽을 줄 몰랐지만요. 그렇지만 저 벽이 아주 달라진 것 같아 보여요. 벤자민 7계명이 옛날과 똑같은가요?"

벤자민 영감은 이번만은 자신의 규율을 깨뜨리기로 마음먹었다. 그래서 벽에 적혀 있는 것을 그녀에게 읽어 주었다. 거기에는 단 하나의 계명밖에 없었다. 그것은 다음과 같았다.

> 모든 동물들은 평등하다
> 그러나 어떤 동물들은
> 다른 동물들보다 더욱 평등하다

그런 일이 있고 난 다음날, 농장 작업을 감독하는 돼지들이 모두 앞발에 채찍을 갖고 있는데도 조금도 이상하게 보이지 않았다. 돼지들은 라디오를 구입했으며 전화 시설을 신청하였고, 〈존 불〉, 〈팃비츠〉와 〈데일리 미러〉를 예약 구독했다는 것이 알려졌는데도 이상하게 느껴지지 않았다.

나폴레옹이 입에 파이프를 물고 농장집 정원을 산책하고

있는 것을 보아도, 아니 돼지들이 옷장에서 존스 씨의 옷을 꺼내 입고 나폴레옹 자신은 검정코트와 사냥바지를 입고 가죽 각반을 찼으며 그가 귀여워하는 암돼지가 존스 부인이 일요일에나 입던 무늬 있는 비단드레스를 입고 나타날 때에도 조금도 이상하게 여기지 않았다.

일주일이 지난 어느 오후 여러 대의 이륜마차가 농장으로 들어왔다. 이웃 농장들의 대표단이 초대를 받은 것이었다. 그들은 농장을 두루 돌아다니면서 보이는 것마다 모두 찬사를 보냈는데, 특히 풍차에 대해 대단한 찬사를 보냈다. 동물들은 순무 밭에서 잡초를 뽑고 있었다. 그들은 땅에서 얼굴을 거의 들지도 않고 돼지와 방문해 온 인간들 중 누가 더 무서운 존재인지를 의식하지도 못한 채 부지런히 일만 했다.

그날 저녁 농장집에서 떠들썩한 웃음소리와 노랫소리가 터져 나왔다. 그런데 갑자기 뒤섞인 소리들 때문에 동물들은 호기심이 부쩍 일어났다. 동물들과 인간들이 평등한 관계로 처음 만나고 있는 저 안에서 과연 무슨 일이 벌이지고 있을까? 그들은 일제히 농장집 정원으로 가능한 조용히 기어들어

가기 시작했다.

출입문에 이르러 들어가기가 약간 겁이 난 동물들은 걸음을 멈추었다. 그러자 클로버가 앞장서서 안으로 들어갔다. 그들은 뒤꿈치를 들고 집으로 가까이 다가갔고, 키가 큰 동물들은 식당 창문으로 들여다보았다.

거기에는 둥근 식탁이 놓여 있었다. 그 주위에는 농부 여섯 명과 여섯 마리의 고위층 돼지들이 앉았으며, 나폴레옹은 식탁 머리 주빈석을 차지하고 앉아 있었다.

돼지들이 의자에 앉아 있는 모습이 아주 편해 보였다. 그들은 카드놀이를 즐기다가 축배를 들기 위해 잠시 놀이를 중단하고 있었다. 커다란 주전자가 돌며 잔에 맥주를 채우고 있었다. 아무도 창문으로 들여다보며 놀라워하고 있는 동물들을 알아차리지 못했다.

폭스우드 농장의 필킹턴 씨가 손에 잔을 든채 일어났다.

"함께 축배를 들기 전에 꼭 해야 할 말 몇 마디를 하겠습니다." 라고 그가 말했다.

"오랜 동안의 불신과 오해가 이제 종말을 고하게 되었다고 생각하니 나 자신이나 여기 있는 다른 모든 이들에게도 대단히 만족스러운 일이라 생각됩니다. 한때는 나 자신이나 여기 있는 다른 사람들도 같은 마음이었겠지만, 존경하는 동물농장의 주인에 대한 적개심이라기보다 약간의 의구심을 가진 적이 있었습니다. 불행한 사태가 발생되었고 잘못된 생각들이 퍼졌습니다. 돼지들이 소유, 경영하는 농장이 존재한다는 것은 어딘가 비정상적이고 이웃들에게 불안한 영향을 미칠 수 있다고 생각되었습니다. 상당수의 농부들은 제대로 알아보지도 않고 이런 농장에서는 방종과 무질서로 혼란이 지배할 것이라고 속단했습니다. 그들은 자신들의 동물들뿐만 아니라 심지어는 일꾼들에게까지 영향이 미칠까봐 신경을 곤두세웠습니다. 그러나 그런 모든 의심은 이제 사라졌습니다. 오늘 우리가 동물농장을 방문해서 직접 구석구석을 시찰한 결과 우리들이 발견한 것은 무엇입니까? 가장 최신의 영농 방법뿐만 아니라 모든 농부들에게 본보기가 될 규율과 질서였습니다. 동물 농장의 하급 동물들은 일은 더 많이 하고 식량은 이 지방의 어떤 동물들보다 적게 받고 있습니다. 사실 저와 제 동료들은 오늘 관찰한 여러 특징들을 우리 농장에도 곧 도입 시킬 생각입니다."

그는 동물농장과 그 이웃들 간에 있어 왔고 또 존속해야 할 우의를 다시 한 번 강조하는 것으로 연설을 끝마치겠다고 말했다.

"돼지와 인간 사이에는 어떤 형태로든 이해의 충돌이 있을 수 없고, 또 있을 필요도 없습니다. 그들의 투쟁과 과제는 같은 겁니다. 노동문제는 어디서든 똑같이 일어나지 않습니까?"

필킹턴 씨는 여기까지 말하다가 미리 심사숙고하여 준비해 둔 몇몇 재담을 좌중에 털어놓으려 했다 그런 이야기를 할 수 있다는게 너무 즐거운 나머지 잠시 말을 중단하지 않을 수 없었다. 그는 여러 겹으로 된 턱이 빨갛게 될 정도로 한참동안 숨차하더니 겨우 말을 꺼냈다.

"여러분들이 여러분의 하층동물들과 싸워야 할 일이 있다면, 우리는 우리대로 싸워야 할 하층계급이 있습니다!"

이 재치 있는 말은 좌중을 박장대소하게 만들었다. 필킹턴 씨는 다시 한 번 돼지들에게 그가 동물농장에서 관찰한 적은 식량 배급, 긴 작업 시간 및 전반적인 자유의 결여를 실시하는

데 대한 치하를 아끼지 않았다.

그런 다음 그는 마지막으로 모두가 일어나 잔을 비우자고 말했다.

"신사 여러분, 신사 여러분 건배합시다. 동물농장의 번영을 위하여!"

열광적인 박수소리와 발 구르는 소리가 들렸다. 나폴레옹은 너무나 흡족한 나머지 자기 자리에서 일어나 식탁을 돌아 필킹턴 씨 쪽으로 와서 잔을 부딪친 다음 술잔을 비웠다. 박수소리가 가라앉자 그 자리에 서 있던 나폴레옹이 자기 역시 몇 마디 하겠다고 말했다.

나폴레옹의 연설은 늘 그랬던 것처럼 매우 간결하고 요점만 집약된 것이었다.

"저 역시 오해의 시대가 끝나서 다행스럽게 생각합니다. 저와 제 동료들의 사고방식 속에 파괴적이요, 심지어 혁명적인 그 무엇이 있다는 소문이 오랫동안 떠돌았습니다. ─ 여러 정황으로 보아 악의에 찬 어떤 적이 퍼뜨렸다는 것을 알게 되었습니다. ─ 우리들은 이웃 농장들의 동물들에게 반란을 선동하려

했다고 인식되어 왔습니다. 그러나 그 어떤 것도 사실과 다릅니다. 우리들의 유일한 소망은 이웃들과 평화롭게, 그리고 정상적인 거래 관계를 맺으며 사는 것입니다."

그는 덧붙여 자신이 통치할 영광을 가진 이 농장이야 말로 협동기업체라고 말했다.

"제가 소유하고 있는 부동산의 소유권은 돼지들의 공동 소유입니다. 옛날의 의혹이 지금까지 남아 있다고 믿지는 않지만 최근 들어 이 농장의 일상사에는 괄목할 만한 변화가 일어났는데, 그 변화가 서로의 신뢰감을 더욱 돈독히 증진시키는 효과를 낼 겁니다. 즉 지금까지 이 농장의 동료들은 서로를 '동무' 라고 부르는 어리석은 습관을 지켜 왔는데, 이제 이것이 금지될 겁니다. 그리고 일요일 아침 마다 정원의 기둥에다 못박아놓은 수돼지의 두개골 앞을 행진하는, 기원을 알 수 없는 이 괴상한 습관 역시 금지될 겁니다. 그리고 이미 그 두개골은 땅 속에 묻어 버렸습니다. 손님들께서는 또한 게양대에서 펄럭이고 있는 녹색의 깃발을 보셨을 겁니다. 보았다면 전에 그려져 있던 하얀 발굽과 뿔이 지워져 있음을 주의했을 테지요. 이제부터는 단순한 녹색 깃발에 불과할 겁니다. 그리고 필킹턴 씨의 우정 어린 연설에 대하여 단 하나 비판할 것이 있습니다. 필킹턴씨는 계속 '동물농장'이라고 표현했는데, 물론 모르시는 것이 무리는 아니지만 – 왜냐하면 저 자신이 지금에야 처음으로 그 말을 하는 것이니까요 – '동물농장'이라는 이름은 폐지되었습니다. 앞으로 이 농장은 '메이너 농장'이라는 본래의 올바른 이름으로 불릴 것입니다."

나폴레옹은 결론을 내리듯 덧붙였다.

"신사 여러분! 나는 여러분에게 전과 똑같이, 그러나 다른 형식으로 건배하겠습니다. 잔을 끝까지 채우십시오. 신사 여러분, 건배합시다. '메이너 농장'의 발전을 위하여!"

조금 전과 마찬가지로 진심어린 박수가 터져 나왔고, 술잔은 마지막까지 비워졌다.

그러나 밖에 있는 동물들이 그 장면을 보았을 때, 그들에게는 어떤 묘한 일이 일어나고 있는 것처럼 느껴졌다. 돼지들의 얼굴을 변하게 한 것이 무엇일까? 나이든 클로버의 흐릿한 눈동자가 이 얼굴 저 얼굴로 움직였다. 어떤 돼지들은 다섯 겹의 턱이 있었고, 어떤 건 네 겹의 턱이, 어떤 건 세 겹의 턱이 져 있었다. 그런데 흐물흐물하게 녹아내릴 것처럼 보이게 만드는 것은 대체 무엇일까?

박수갈채가 끝나고 일행은 카드를 집어 들고 중단되었던 게임을 계속했다. 그러자 동물들은 슬그머니 빠져 나갔다.

그러나 동물들은 20야드(18.3미터)도 채 못 가, 갑자기 걸음을 멈추었다. 아우성치는 소리가 농장집에서 들려왔던 것이다. 그들은 되돌아 뛰어가 다시 창문으로 들여다보았다.

그렇다. 거기에서는 격렬한 논쟁이 벌어지고 있었다. 고함을 지르고 책상을 두드리며 의혹에 찬 눈초리를 번득이고 화를 내면서 그렇지 않다고들 떠들어댔다. 씨움의 발단은 나폴레옹과 필킹턴 씨가 각각 동시에 스페이드의 에이스를 갖고 있는 데에서 기인한 것으로 밝혀졌다.

열두 개의 성난 목소리가 터져 나왔는데, 그 목소리들이 모두 똑같이 들렸다.

이제 돼지들의 얼굴에서 어떤 변화가 있었는지 의심할 여지가 없었다. 바깥에서 지켜보던 동물들은 돼지에서 인간으로,

인간에서 돼지로 시선을 돌리면서 살펴보았다. 그러나 무엇이 어떻게 돌아가는 것인지, 사람이 돼지인지 돼지가 사람인지 구별하기란 이미 불가능해져 있었다.

작
품
소
개

　동물농장은 1945년에 영국출신의 작가 조지 오웰이 발표한
풍자 소설이다. 존슨 씨의 메이너 농장 동물들은 '모든 동물이
평등하며 인간으로부터 자유로운' 민주 공동체를 만들고자 자
신들의 위에 군림하는 주인을 추방한다. 그러나 동물들 사이에
서의 권력 다툼과 독재로, 그들이 만든 공동체 역시 부패하여
전체주의 국가로 변모한다.

　이러한 표면적 이야기가 시사하는 바는 소련의 전체주의에
대한 비판과 풍자이다. 그래서 동물농장은 간혹 반공주의 소설

로 오해받기도 한다. 소설 속에서 벌어지는 많은 일들은 실제로 이오시프 스탈린이 집권하던 소련에서 생긴 사건에 기반한다. 조지 오웰은 한동안 영국 독립노동당의 당원으로, 좌파적 이념을 갖고 있었지만 스탈린에 대해서 비판적이었다. 그리고 스페인 내전에 참가한 이후로는 소련 중심의 공산주의에 의심을 품기 시작했다. 그는 소련의 성립부터 소련이 가진 결함을 간파해냈다. 그는 『동물농장』의 우크라이나어판 서문에서 다음과 같이 서술하였다. '지난 10년 동안 나는 사회주의 운동의 재건을 위해서는 소비에트 신화를 파괴하는 일이 근본적으로 필요하다고 확신하게 되었다.' 이 문장에는 그의 집필의도와 신념이 직접적으로 드러나 있다. 결국 소련은 붕괴되었고, 그의 신념이 옳았음이 증명되었다.

작품 속에서 농장의 늙은 돼지 '메이저 영감'은 카를 마르크스와 블라디미르 레닌을 상징한다. 독재자 나폴레옹(Napoleon)은 스탈린을, 나폴레옹의 경쟁자 스노우볼(Snowball)은 스탈린에 저항하는 트로츠키를 상징한다. 또한 스탈린의 비밀 경찰은 개, 옛 소련 공산당의 당원은 돼지에 비유하면서 그들을 신랄하게 풍자한다. 쫓겨난 황제 니콜라이 2세는 농장주 존스(Jones)로, 스탈린을 광신적으로 따르는 우매한 민중은 양, 종교는 까마귀에 비유하고 있다.

그러나 굳이 '동물 농장'의 상징을 러시아 혁명과 소련으로만 한정할 필요는 없다. 나폴레옹을 아돌프 히틀러, 스노우볼을 에른스트 룀, 스퀄러를 요제프 괴벨스로 보아도 전혀 어색하지 않다. 어느 시대, 어느 정치에서도 그러한 인물들은 존재할 것이고, 그것은 근원적인 비극이면서 동시에 '동물 농장'이 가지는 현재적 의미이다.

본명은 에릭 아서 블레어(Eric Arthur Blair). 1903년 6월 25일 인도에서 출생하였으나 태어난지 1년 만에 영국으로 건너가 청소년기를 보냈다. 1911년 영국 남부에 있는 예비학교인 세인트 시프리언스(Saint Cyprian's)에 입학하였는데, 학업성적이 우수하여 1917년 학비를 면제받고 이튼칼리지에 입학하였다. 이튼칼리지 졸업 후에는 인도 제국경찰에 지원하여 1922년 10월, 발령지인 미얀마로 떠났다. 상류층 자제들이 다니는 이튼 칼리지를 졸업한 학생이 경찰관에 지원하는 경우가 없었기 때문에 주변의 주목을 받기도 했지만 오히려 오웰은 그런 시선에 염증을 느끼고 있었다.

5년간 미얀마와 인도에 근무하면서 오웰은 자신이 꿈꾸었던 동양에 대한 동경이 착각이었음을 자각한다. 또한 영국 제국주의가 저지른 식민지악(植民地惡)을 통감하면서 1927년 영국으로 귀국하여 경찰직을 사직하였다. 그리고 이때부터 작가가 되겠다는 결심을 하고, 파리 빈민가와 런던 부랑자들의 극빈생활을 실제로 체험했다. 이때의 체험을 바탕으로 첫 작품 르포르타주『파리와 런던의 바닥생활』(1933)을 발표하였고 필명을 조지 오웰(George Orwell)이라고 사용하였다. 이어서 식민지 백인 관리의 잔혹상을 묘사한 소설『버마의 나날』(1934)로 문학계에서 인정을 받았다. 이어 잉글랜드 북부 노동자의 가난한 삶을 그린 『위건 부두로 가는 길』(1936)을 발표하였고 그해 12월 스페인 내전이 발발하자 파시즘에 맞서 싸우기 위해 자원 입대하였다. 이 체험을 기록한 『카탈로니아 찬가』(1938)는 뛰어난 기록문학으로 평가되었으며, 조지 오웰은 이때부터 정치적인 성향이 짙은 작가로 알려지게 되었다. 그리고 2차 세계대전 직후인 1945년에는 러시아 혁명과 스탈린의 배신을 우화로 그린 『동물농장』(1945)으로 일약 명성을 얻었다.

  결핵으로 건강이 나빠지자 한동안 글쓰기를 중단하고 모로코에서 요양을 하였으나 1946년 다시 집필을 시작하여 그의 최대 걸작으로 평가받는 『1984년』(1949)을 완성하였다. 그리고 그 다음해인 1950년 1월, 그는 건강 악화로 인해 47세를 일기로 사망하였다.

옮긴이 김지현

이화여자대학교 음대 졸업. 감성 팟캐스트 「김지현의 시간산책」을 운영하며 6만 명이 넘는 청취자들과 소통한 바 있다. 2012년 「월드미스 유니버시티」대회에 참가해 '차 앤 유'상을 수상. 저서로는 인도 배낭여행 에세이 『그곳에 가면 사랑하고 싶어져』가 있다.

일러스트 신한솔

숙명여자대학교 산업디자인과를 졸업하고 일러스트레이터로 활동하고 있다. '소르르'라는 필명을 사용하며, 파스텔 톤의 작고 아기자기한 그림을 그린다. 마카롱과 각종 디저트를 캐릭터화한 일러스트로 온라인에서 많은 팬 층을 확보하고 있다. 달콤한 초콜릿을 먹으면 힘이 나는 것처럼, 힐링을 전하는 달달한 그림을 그리고자 한다. 일러스트뿐 아니라 아트브랜드 「달콤한 상상, 마카론즈」를 통해 다양한 캐릭터와 아트 상품 제작을 선보일 예정이다.

Bestseller World's Classics 003

동물 농장

조지 오웰의 풍자적 우화 이야기

1판 1쇄 인쇄 | 2017년 6월 10일
1판 2쇄 발행 | 2017년 9월 10일
지은이 | 조지 오웰　　　**옮긴이** | 김지현
펴낸이 | 김정동　　**편집주간** | 김완수　　**책임편집** | 김예슬
일러스트 | 신한솔　　**디자인** | 장유진　　**홍보** | 김혜자
마케팅 | 유재영 · 최문섭 · 김은경
펴낸곳 | 도서출판 문학마을　　**등록번호** | 제2-1260호　　**등록일** | 1991.10.11
주소 | 서울시 마포구 성지길 25-20 덕준빌딩 2F
전화 | 3142-1471　　　　**팩스** | 6499-1471
홈페이지 | http://blog.naver.com/sk1book
이메일 | seokyodong1@naver.com
ISBN | 978-89-85392-92-1　03800

이 도서의 국립중앙도서관 출판예정도서목록(CIP)은 서지정보유통지원시스템 홈페이지
(http://seoji.nl.go.kr)와 국가자료공동목록시스템(http://www.nl.go.kr/kolisnet)에서
이용하실 수 있습니다. (CIP제어번호: CIP2016032543)

문학마을에서 작업을 함께 할 일러스트레이터 작가님을 모십니다.
뜻이 있는 분은 seokyobooks@naver.com으로 포트폴리오를 보내주세요.